ラヴァーズ文庫
19th anniversary
JN053740

ラブ♥コレ 19th アニバーサリー

西野 花
HANA NISHINO

秀 香穂里
KAORI SHU

いおかいつき
ITSUKI IOKA

ふゆの仁子
JINKO FUYUNO

犬飼のの
NONO INUKAI

バーバラ片桐
BARBARA KATAGIRI

奈良千春
CHIHARU NARA

國沢 智
TOMO KUNISAWA

C O N T E N T S

新たな寝床
illustration 國沢 智
BABY MILK
illustration 奈良千春
西野 花

新たな寝床（二匹の野獣とオメガの花嫁番外編）

「うわあ。すごく素敵になってる！」
リフォームされたばかりの家の中を見て、那桜は感嘆の声を上げた。
築二十年を過ぎている家は、そろそろ修繕の手を必要としていた。前の住人がそのあたりにあまり構わなかったので、外壁や壁紙の劣化を初めとして設備系にも少し手を入れる必要があった。
「気にいったか？」
あちこち見て回っている那桜に、背後から狼神が声をかける。那桜はくるりと振り向いて「はい、すごく」と答えた。
「よかった。知り合いのリフォーム業者で、一番センスのいい奴に声をかけたんだ」
虎城もまた、ほっとしたように言った。
「こんなに綺麗にしてもらって……。本当にありがとう。隆将、弦」
「お安い御用だ」
虎城が得意げに胸を張る。
「荷物も今日の夕方には入るからな」
「今日はここに泊まろう」

「いいんですか？」
「もちろん」
思いがけない狼神の申し出に那桜の心が躍った。
狼神隆将。狼の獣人でアルファ。
虎城弦。虎の獣人でアルファ。
そして狐ヶ崎那桜。狐の獣人でオメガ。
那桜は先日、彼らの番となり、そして結婚した。那桜は中学の時に両親を亡くし、遺産と生家を人間の親戚筋のものに乗っ取られ、不遇な時代を過ごした。それも彼らと出会う前だ。狼神と虎城の協力の元で生家を取り戻し、横暴な親戚を追い出すと、那桜は彼らとこの家に住みたいと願った。そこで、どうせならとリフォームをすることにしたのだ。
全体的に少し内装を変え、元の味を生かしながらも、まるでカフェのような住空間に変わった。
工事に入る前に彼らから「本当に変えていいのか」と確認された。両親との思い出の残る家に手を加えていいのかと気遣ってくれたらしい。
「内装が変わっても、ここが俺と両親の家だったことは変わらないから。それに家って、そうやって住み続けていくものだろう？」

家は時を追う毎に姿を変え、住む人間の拠り所となる。那桜はそんなふうに考えていた。
そして工事が終わり、今日初めて生まれ変わった家に足を踏み入れたのだ。例の親戚がまた来ないとも限らないので、もちろんセキュリティのほうも強化してある。とはいえ、前に狼神が充分に脅しておいたので、おそらく来ないだろうとは虎城も言っていたが。

夕方になると引っ越し業者がやってきて荷物を運び込んでくれた。それから各自の荷物を片付けて、一息つくと、もう夜になっていた。
「ダメだ腹減った。飯食いに行こうぜ！」
虎城のその一言で、皆で外に食事に出ることにする。
「近くに美味しそうなステーキハウスがありますよ」
三人とも肉食の獣人なので、当然、肉が好きだ。なので満場一致でその店に向かう。
「両親が生きてた頃、時々行ってたんです」
親戚が家を乗っ取ってからは搾取される生活が始まり、とても足を運べなかった。本当に久しぶりに彼らと行けることが嬉しい。
狼神と虎城は一ポンドの肉をレアで平らげ、那桜もそれに近い重量を食べた。二人ともどうやらこの店が気にいったようである。
「肉の質がいいな」

「これから頻繁に来ようぜ」
帰り道、商店街の中をぶらぶらと歩く。もう閉まっている店も多かったが人通りはまだあった。那桜はバイトの行き帰りにここを通っていたが、楽しそうな親子連れなどを見ると、つい目を逸らしてしまっていた。
どうしても、あの頃を思い出してしまうから。
「那桜？」
呼ばれて、はっと顔を上げる。
「どうした？」
狼神と虎城が怪訝そうにこちらを見ていた。那桜は笑みを浮かべると「なんでもない」と告げる。すると狼神に頭を撫でられ、虎城に肩を抱き寄せられた。
そうだ。もう平気だ。彼らと新しい家族になったんだから。そう思うと、過去の少し痛む古傷も溶けていく。
夜のひんやりとした風が前から吹いてきても、那桜の肩は震えることはなかった。

二階には三部屋あるが一番大きな部屋は寝室にして、後の部屋は三人分のクローゼットになった。特に彼らは洋服の類がとても多い。

「夫婦の新しい寝室だぜ」
虎城がそんなふうに言うので、那桜も思わず意識してしまう。
(今日って、するのかな)
そんなことを考えてしまう自分に、思わず恥ずかしくなった。
狐の獣人は多淫と言われていて、那桜にもその性質は引き継がれていた。だからこそ狼と虎の獣人二人を相手にしても潰れないと言えるのかもしれないが。
那桜は風呂を済ませて二階の寝室に上がる。そして扉を開けた途端に、ぐいと腕を引っ張られた。
「えっ」
「おいで」
虎城が那桜の腕を摑んでいた。引っ張られるままにベッドの上に倒れ込むと、狼神が両腕で受け止めてくれる。
「新しい寝室にようこそ」
そんなことを言われて、まるで心を見透かされた気がして那桜の顔が赤くなった。
「恥ずかしがってるの可愛いよな」
「わざとしているなら相当な手練れだ」
「ち、違う、わざとじゃ…っ」

「わかってる」
二人に急に顔を近づけられて息を呑む。
「お前はそんな器用なことできねえよな」
「それがよけいに雄を煽るんだ」
「う…、そ、そんな、からかわないでよ…っ」
「からかってねえよ、本気だ」
虎城のふいに真剣になった声が鼓膜をくすぐる。そして反対の耳へも甘い睦言が注ぎ込まれた。
「君の大切な家に俺達を入れてくれてありがとう。ここでまた、愛し合おう」
「……ん……っ」
泣きたくなるような衝動が込み上げてきて、同時に頭の芯がぼうっとする。口づけてきたのは、どちらが最初だったろうか。舌を吸われ、敏感な口の中を舐められると、下腹の奥に火が点る。
「は、あ…っ」
抱いて欲しい。
ここで、この家で、めちゃくちゃになるまでして欲しい。
そんなことを口に出してしまったのか、彼らが少し驚いたような顔をした。

「本当にいいのか？」
「まあ、望まれちまったら叶(かな)えてやらないとなあ？」
「それはもちろんだ。番の願いだし」
二人の手が寝間着の隙間(すきま)から肌をまさぐってくる。湯上がりの肌を撫でられ、那桜はたちどころに反応した。
「あ、ん……っ」
「相変わらず敏感」
「可愛いよ」
脇腹(わきばら)や胸、背中を撫で上げられる度にびくびくと身体が震える。両手で虎城と狼神の腕を掴み、はあはあと息を喘(あえ)がせているしかなかった。くすぐったさと快感がない交ぜとなって声が出てしまう。
いつの間にか寝間着が脱(ぬ)がされてしまい、ベッドに横たえられた。両側から二人が絡(から)みついてきて、胸の突起(とっき)に吸いつかれる。
「んああ…っ」
身体を貫(つらぬ)くような快感(かいかん)。この時点で那桜の肉体はもう蕩(とろ)けそうになっていた。内奥がじわりと濡(ぬ)れてくれるのを感じる。
二人の男に、同時に左右の乳首を舌で転がされて、舐め上げられてイきそうになった。

「あっ…、あ、あぁぁ…っ！」

那桜は軽く達してしまった。甘イキというやつだ。中途半端な絶頂はよけいにもどかしくなる。

「いい子だ。こっちも触ってやるから……」

「もっと脚開いて、な」

男達の手が脚の間に伸びてくる。下半身の敏感な部分を可愛がられ、那桜はたまらずに背中を大きく反らした。

「んぁああ、あぁぅんっ…！」

嬌声を上げる唇をまた塞がれる。身体中に広がる快楽を享受しながら、那桜はこれ以上ないほどの多幸感に包まれていた。

（これから始まるんだ）

また、彼らと、那桜が生まれ育ったこの家で。

そう思うと喜びに身体が震え、那桜は抱きしめてくる彼らの腕を強く抱き返すのだった。

END

小さな小さな手に触れて、弟達二人はうわあ…と目を輝かせた。
「すごく小さい」
「マホだって、生まれた時はそうだったぞ」
末の弟が赤ん坊だった時を思い出して、芹は笑いながら言った。そうだ、あの時は大切な家族が増えて嬉しかった。まだ両親がいて、世界は完全なものだと無邪気に信じていた。それからは色々と、つらいことも悲しいこともあったけれど、今はまた幸せだ。これからもきっとそうだと信じている。
「どっちに似てるかな?」
「こんなに可愛いんだから、兄さんだよ」
「ええ、そうかなあ。目元なんかは尚史さんに似てると思うけど……」
「そんなわけないない」
相変わらず尚史には当たりが強い巡に、芹はもはや困ったように肩を竦めて尚史を見た。彼は苦笑するように笑ったが、特に気にしている様子もない。
「まだわかんねえだろ」
「赤ん坊は、みんな小さくて可愛く見えるもんな」

大智と雅久が、それぞれ飲み物の缶を手にしながら言った。
芹とその番の尚史との間に男児が生まれ、戦争のような育児をしながら一ヶ月ほどが経ち、弟夫婦達を呼んだ。芹の出産の時の病院以来だった。彼らはそれぞれ食べるものを持ち寄ってくれて、芹達に負担がかからないようにしてくれている。
「にしても、芹ちゃん、育児疲れが見えなくて相変わらずピカピカじゃん。ナオさんがんばってるんすね」
「あ、そうなんです。夜泣きとか、尚さんがすぐ起きて対応してくれて……」
「育休まで取ってるんだ。当たり前だろ」
尚史は会社経営をしているが、約一年の育児休暇をとっていた。リモートで仕事をすることもあるようだが、そんなに会社に行かなくて大丈夫なのかと芹は最初心配した。けれど尚史は何のためらいもなく、芹のためにその方法を選択してくれたのだ。
「番を常に綺麗にしておくのもアルファの役目だ」
「俺もそう思います！」
「異論はねえな」
胸を張って言い放つ尚史に、雅久と大智が追従する。その様子に芹は気恥ずかしくなった。
尚史と芹の関係は、芹のオメガフェロモンにより尚史がラット状態になり、芹が暴行されたことにより始まった。数日間の強引な行為の後、尚史は芹の家を訪れ、真摯な謝罪と番の申し込みを行ったのだ。
　最初は乱暴を働いたことによる義務感からだと思って断っていた芹だったが、やがて彼が真剣だとわかり、それを受け入れて番となり、夫婦となった。ここまで来るのにも色々とあったが、芹は今、幸せだった。こんなに大事にしてもらって、そう思わなかったらバチが当たる。
「にしても、芹ちゃんに一番早く子供が出来るとは思ってなかったな」
「ああ、運命同士だと、通常のアルファとオメガの番よりも受精率がやや下がるっていいますもんね」
　雅久が言う『運命同士』というのは、『運命の番』のことを指していた。
　アルファとオメガの組み合わせの中には、非常に相性のいい、出会ってしまったら本能に訴えかけるレベルで、離れられない番というのが存在する。
　尚史と芹、大智と巡、雅久と真幌はそれぞれが『運命の番』だった。これはおそらく、運命の番が一組発生すると、その近くで複数の『運命』が発動するという現象によるものだろう。そのメカニズムはよく知られていないが、生物というのはよくできているものだ。
「けど、そんな相性のいい組み合わせ同士なら、子供なんてすぐにできそうなものだけどな」
　そう言う巡は、芹よりも結婚が早かった。芹は兄弟の長兄であり、一番最後に結婚したのだった。
「俺らは愛し合うのに特化しているらしいぜ」

巡の番の大智が言う。
「つまり、子供を産む番と、愛し合う番が存在するわけか」
「おおまかに言ってそんなとこじゃね」
尚史の言葉を大智が肯定した。
「けど運命同士だって、いずれは出来るだろ。俺らはのんびり構えてようぜ」
「べ、別に気にしてないよ！」
巡の肩を抱いて軽口を叩く大智に、巡は慌てて反論した。
「俺はさ、こうして芹兄さんとかマホとか、赤ちゃんとか側にいてくれて、みんな幸せそうに生きていてくれればそれでいいよ。まあ、もし大智との子が出来たら、それは可愛がるけども」
「可愛がってくれんだ？」
「当然だろ。それは、産んだんだから。……何ニヤニヤしてるんだよ」
「いや別に」
相変わらずのやりとりを芹は微笑ましく見ていた。真幌と雅久はといえば、芹の赤ん坊を抱いて嬉しそうにあやしている。
「可愛いな、子供って」
「お前も欲しい？」

「そりゃ、雅久との子は欲しいけど……。でも今はこの子がいるからいいよ。そういうのって、割とどうにもならないもんだろ」
真幌はいつものように、喩ったような口調で言った。
「妊活とか？」
「それってベータとか通常の番の場合だろ。俺達にも適応されるのかなあ」
「調べとくわ」
誰に聞かせることもない会話を耳にしてしまって、芹は聞かないように横を向いた。自分はラッキーだっただけなのだ。この幸せに驕ることのないようにしよう。
弟夫婦が帰った後、芹はソファに座って息子に授乳をした。自分の身体から人を育てるためのものが作られているというのは不思議で仕方がないが、人体の神秘とはそういうものなのだろう。運命の受精率といい、不思議なことはまだたくさんある。
「茶が入ったぞ」
「ありがとう、尚さん」
尚史はルイボスティーの入ったカップをテーブルの上に置いた。尚史のカップの中身も同じものだ。芹につき合わなくてもいいのに。
「授乳だけは俺にはできないからな」
赤ん坊が、ぷあ、と芹の胸から口を離した。

「お腹いっぱいになった？」
赤ん坊の口元を拭き、衣服を降ろす。尚史がその一連の動作をじっと見つめていた。
「何？」
「いや…、そんなに一生懸命飲んでいるから、うまいのかな、と思ってな」
「……どうだろう。成分は、ほとんど血液と一緒だって聞いたことはあるけど」
「血の味がするものを美味そうに飲むとは考えにくいんだがな」
芹も自分の母乳など飲んでみたことはないのでよくわからない。だが尚史があまりに興味深そうだったので、おずおずと申し出てみた。
「…あの、よかったら…、ちょっと飲んで、みる？」
「……いいのか」
てっきり引かれるかと思ったのに、尚史は前向きだった。彼は、うとうとしている赤ん坊を芹から受け取ると、そうっとソファの上に寝かせる。
「じゃあ頼む」
「うん」
その反応に驚きながらも、芹はさっき降ろしたばかりの服の裾をめくって、彼の前に胸を晒す。オメガである芹は、授乳期間であっても乳首の色がほとんど変わらない。
「少しだけだから」

「ん……」
妊娠以来、尚史とはそういった行為をほとんどしていなかった。彼の唇がそこに近づいてくるのを見ていると、どきどきしてしまう。
「ふっ」
尚史の口が乳首に触れて、そっと含まれる。授乳の時には感じたことのない感覚が生まれた。この時の尚史の動きには卑猥なものは一切感じられない。なのに自分ばかりが意識しているようで恥ずかしかった。
「……っ」
ちゅう、と吸われる感覚がする。彼の喉が上下し、母乳を飲んだことがわかった。彼はすぐに顔を離す。
「どうだった?」
「うん」
尚史はなんとも言えない表情をしていた。
「少し甘いような感じがする。血の味ではなかったな」
「そうなんだ」
母乳は本当にミルクの味に近いらしい。ひとつ勉強になった。そんなことを思いつつも、芹は自分だけが変な気分になったことに、ばつの悪い思いを感じていた。尚史は本当に、ただ母乳の味を確認したくてやったことなのに。
「芹、あのな」
「うん」
そのことを咎められるのかと肩を竦めた時だった。
「今、一瞬お前を押し倒すところだった。すまん」
「――――」
思いがけない言葉に、じっと尚史を見る。彼は自分の髪をぐしゃぐしゃとかき回すと、申し訳なさそうに告げた。
「しばらくしていなかったからな。そんなつもりはなかったんだが」
「俺も」
芹は思わず、彼の言葉に被せていた。
「俺も、なんか…、変な気になった」
「……そうか」
芹が頷くと、妙な沈黙が流れる。
「お前がいい時に、言ってくれないか」
尚史はいつも芹の状態を第一に考えてくれているのだ。それを実感し、思わず微笑んでしまった。芹は、うん、と答えて尚史に寄り添う。逞しい腕が芹を包み込んでくれた。

ＥＮＤ

創刊19周年
おめでとうございます。

あと一年で二十歳ですね。
世間では色々と起こっておりますが、
萌えの力は偉大だと思います。
これからも独自の魅力で
BL界を引っ張っていただければと思います。

西野 花

LOVERS COLLECTION

ショートパンツ
コルセット的な
バニーっぽい？
二匹の野獣とオメガの花嫁 ラフ画特集

新人オメガ
キャララフ
ナオ
耳っぽい柄の
黒メッシュ
とか
何本か
黒メッシュ
中
長
オオガミ
コジョウ
切れ長
タレ猫目
眉太め

耳?

2

5

6

白沢家～
⑦

αとΩの新婚夫婦は溺愛巣ごもりがしたい～三夫婦の蜜月～ラフ画特集

芹
黒
キレイ系。
コーディネーターなので花も入れたいかも？
(カバー)

尚史
左？．
表記ご確認お願いします
黒(グラデ予定)
背
このあたりまで？．
タトゥーイメージ
ヘナ&ドラゴン

白か白黒ツートン
太智
黒
メグ
アクセサリ
ヒゲがある。
肌15%くらいトーン
POP
白かグラデトーン
特に
セリそっくり
雅久
黒
マホ
サブカプ
コンビニデートしてそう。
ほのぼの。
NKE
NKE

まど
青空
乱舞コマ
トースト
パジャマ
パーカーは羽織り
ゆ
黒T
ゆ
コーヒー
読み物など。
Chair
トースト
.目玉焼き
せ

ライト
(奥にバーカウンター)
墨と珊瑚の店内
花散らす(白)

④キャララフと同じ
即落ち2コマメガニャ(黒)
スーン
セタはゴールデンぽい色。
肌15%くらい
そふぁ
イメージで耳入れたいです。
レジ袋持ったまま
コーヒー・プロコンなど。
セり
分からない

ラヴァーズさん
19周年おめでとうございます♪
おじさん目線だと巡くんが一番かわいいです♥
いじわるしたくなりますよねーじーっ
ありがとうございました!
2023、奈良千春

夏の終わりは快楽に満ちて

　夏の色が濃く残る九月初旬。桐生義晶はシャワーを浴びたばかりの熱い素肌に清潔なパジャマを羽織る。前開きのパジャマはオーガニックコットンでできており、何度も洗濯を繰り返したことで肌馴染みが最高だ。もともとやわらかい生地だし縮みやすいから、二回り大きなサイズを買って正解だった。

　オフホワイトのパジャマは染みひとつない。普段着るワイシャツは、ぱりっと糊が利かせてあるが、パジャマや下着は肌にやさしい感触だ。家事全般が苦手な桐生だったら、絶対にすべての衣類を洗濯機に突っ込んでいるはずだ。白物も色物も区別なく洗って、買ったばかりのシャツをだめにしたことが何度かある。

　だが今は、そういった失敗もごくまれだ。中堅の貿易会社に勤務している桐生が外で汗水垂らして働いている間、家の中のこまごまとした仕事はすべて同居人が片付けてくれる。

　厄介な同居人の顔を思い浮かべていると、知らぬ間に寝室の扉が開き、前触れもなく背中から抱き締められた。

「おい、こら坂本！」

　着たばかりのパジャマを脱がされそうになって驚いたが、坂本裕貴はお構いなしに肌を探ってくる。

「なーにびびってんだよ、いまさら処女みたいな声出して」

「……おまえな……！　バカ、おい、なんでそんなところ触るんだ！」

「桐生が隙だらけなのが悪い」
　勝手なことを言う坂本が、まだやわらかな乳首を探ってくることに息が切れる。
「やめろ、もう……風呂から上がったばかりで……ビール呑もうと、おもって、て……ぁ……っあ……っ……ん……ぅ……っ」
「エロいよなあ、おまえ。なんで乳首弄られただけでこんなに身体熱くするんだよ。普通の男はここ触られてもくすぐったいだけだ。やっぱ桐生は淫乱の素質がある」
「ない……！」
　奥歯をぎりぎりと嚙み締めながら、くずおれそうになる足を踏ん張って堪えたが、背中から坂本に覆い被さられ、ベッドに組み敷かれた。
　引き締まった身体の坂本は桐生よりも上背がある。とはいえ筋肉バカでもないので、いつも全力を出せば勝てる気がするのだが、毎回叶わなかった。
　身体を丸くする桐生を抱き締めるような格好で、坂本がうなじにくちづけてくる。冷ややかな容貌をしているくせに、そのくちびるは熱く、艶めかしい。ちろりと舌先を這わされ、思わず呻いた。
「ん……っ……さか、もと……」
「可愛い声出しやがって。その声に桑名さんもわんこの叶野も、ころっといっちまうんだろうな。罪な男だぜ、桐生も」

「待て、や、いやだ、やめ……」

くすりと笑う坂本が強く閉じた両腿をこじ開けてくる。奥に隠した秘密がバレそうで怖い。それを素早く察した坂本が低く笑う。

「ふぅん……口ではいやだいやだと言ってるくせに、もう勃たせてんのか。感度いいよな、桐生は。そういうところに桑名さんたちもゾッコンなんだろうぜ」

「くそ……！」

なにがゾッコンだバカ。おっさんか、おまえは。

口汚く罵りたいのだが、抗いは喘ぎにすり替わってしまう。

下着越しに擦ってくる指は、だんだんと硬くなる性器の形を丁寧になぞり上げる。傲慢な態度とは裏腹に、桐生の欲望を浮き彫りにする指先の動きは繊細だ。だからこそ感じてしまう。いいように桐生を振り回し、恥辱と快楽の底に突き落とす坂本は、アダルトグッズの開発に精を出し、稼いだ金は一円残らず競馬かパチスロに突っ込む屑の中の屑だ。だが、そんな奴を突き放せず、ともに大学を卒業して以来、十年同居している理由はただひとつ。

最低な男に惚れているせいだ。

まず、顔がいい。セル縁のボストン眼鏡がしっくり来る怜悧な容姿に目を留める者は多い。

それに料理の腕もいい。食べることに興味のない桐生でも、不思議と坂本の作る料理は美味いと思えた。不動産業を営む家に生まれ、裕福な暮らしを享受してきた桐生は舌が肥えていたが、それだけに家庭の味には無縁で、なにを食べてもピンと来なかった。しかし、坂本がマンションに転がり込んできた初日に作ってくれた、たまご焼きは絶品だった。冷蔵庫にあったのがたまごだけだったから、ささっと作ってくれたのだ。絶妙な塩加減で、ついぺろっと平らげてしまった。あれから、坂本にしっかりと胃袋を摑まれた。

そして、思いのほか面倒見がいい。桐生の身体を敏感に開発することに熱心で、さまざまなおもちゃを使って感じさせてくる。もちろん桐生は悔しくてたまらないのだが、一度手をつけた身体をそう簡単には離さないのが坂本という男だ。桐生の秘めた思いを知ってか知らずか、近頃はたまに甘えさせてくれることもある。一緒に風呂に入ったり、ベッドで眠ったりと他愛ないことばかりだが、クールな坂本にすこしでもやさしくされるとほだされてしまう。そんな自分がバカだなと思うが、離れられない。

「やだ……やめろ……いつも、そこばっかり……」

人差し指の腹ですりすりと乳首を擦られ、焦れったい快感に身をよじらせた。桐生の身体を知り尽くした男は煽るだけ煽ってきて、決定的な快感をなかなか与えてくれない。

身体がひくつくほど昂り、下肢がきつい。坂本の手が被さるそこはむくりと頭をもたげ、刻々と硬さを増していく。

「んじゃ、お顔拝見と行くか」

「あ……っ……あぁ……っ！」

下着の縁を、くの字にした指で引っ張り下ろされた途端、ぶるっと性器が跳ね出る。
「もうぬるぬるじゃないか。ハハッ、おまえ最悪。こんなんだから洗濯を何度しても間に合わねえんだよ」
「……ぅ……くっ……お、おまえの、せい……！」
「好きなだけ俺のせいにしておけ。そのほうがおまえにとっちゃ都合がいいからな。乳首を開発されたからって、感じない男は絶対に感じないし、射精もしない。そもそも、俺もおまえも男同士だ。でも、おまえは射精する。今夜もな」
どうかすると屈辱のあまり涙が滲みそうだ。浮き立った肉茎の筋を硬い爪先でかりかりと引っかかれるのがたまらなく気持ちいい。先端からトロトロと垂れ落ちる蜜がいとわしい。同じ男だからこそわかり合える快楽のポイントを絶妙に突いてくる男に、歯噛みしながら喘ぎを殺したが、大きな手にすっぽり包まれて扱き上げられると我慢できなかった。
「や、や、いやだ、そこ、だめだ、っ、あ、あ、ぅ、やめ――……」
「イけよ。さっきから腰が揺れっぱなしだぞ。イきたかったんだろ？」
「ん、っ、ん、あ、あっ、う、ん、っ、だめ、だめ、だめだ、イく……っ！」
ぐうっと身体を丸めて一気に昇り詰めていく。骨張った手の中にどくどくと白濁を放ち、深く息を吸い込もうとしてもうまくいかない。苦しさに喘ぎ、両手で口を覆った。
「たくさん出したな。いい子だ。今度は乳首に吸盤を嵌めて動画に撮ろう。次の開発に役立つ。

ああ、そうだ。もう夏も終わりなんだから、一度くらい浴衣を着てエロいことするか？」

「バカか。いっぺん死ね……」

憎まれ口を叩いたものの、可笑しそうな笑い声からは逃れられない。

「課長、花火大会に誘ってくださって嬉しいです」

「僕もだよ。花火なんて久しく観ていない」

「私もですが……」

歯切れが悪くなるのは、目の前に立つ部下の叶野廉、そして上司である桑名守がにやにやしているからだ。坂本に散々嬲られた翌日、会社に出勤すると、すぐさま叶野と桑名がやってきて、「週末楽しみですね」と言ってきた。なんのことか、としらばっくれるつもりはない。今朝、身体の奥に重たい余韻を残しながらも目を覚まし、スマートフォンをチェックすると、グループラインに坂本のメッセージが届いていた。

【今度の週末、花火大会に行こう。場所は俺に任せてくれ。みんなは浴衣を着てくること】

簡潔なメッセージにいやな予感がする。浴衣なんて着たことがないし、そもそも持っていない。しかし、叶野も桑名も機嫌よく微笑んでいる。

「おふたりは浴衣をお持ちなんですか?」

「いや、残念ながら。でも大丈夫。いまは仕立ててあるものをネットで買える時代だからね。帯も下駄も、なんならうちわもセットになってる。叶野くんと桐生くんの浴衣も一緒に買ってあげよう。きみたち、着付けはできるかい?」

「私はできません」

「俺もできないです。部長はできます?」

「ああ、母に教わったからいちおう。花火を観に行く前に桐生くんちに集まって、全員分を着付けてあげよう」

「やった! 出店もたくさん寄っちゃおう。たこ焼きも焼きそばも食べたいし、あー……チョコバナナも押さえとかないとだめ?」

若い部下の下世話な視線を感じて、桐生は耳を熱くし、ふいっと顔を背けた。

またたく間にその夜はやってきた。

「九月なのに花火大会ってあるのか」

「調べたら結構近場でやってるみたいだ。と言っても熱海だからな。車で行く。俺が運転するからおまえたちはのんびりしてくれ」

そう言った坂本だけがラフなTシャツとスウェットパンツという格好で、叶野、桑名、桐生の三人は糊の利いた浴衣に身を包んでいた。昼間、桐生宅を訪れた桑名が手際よく着付けてくれたものだ。

大型のSUVに四人で乗り込み、東名高速道路から一路熱海へと車を飛ばした。途中、海老名サービスエリアでトイレ休憩と煙草休憩を楽しんだ。トイレでは浴衣を裾からまくり上げるのが妙に気恥ずかしく、あたりをちらちら窺ってしまった。隣に叶野が立っていたが、とりたててなにか言うでもない。

――いつもだったら、絶対にからかってくるくせに。変なことを言うくせに。

もやもやとした熱が胸の底に燻っている。だが、顔には出さずにいられた。

「すっきりしたー。課長、手洗ってソフトクリームでも食べに行きましょ」

「そうだな」

ふたりでしっかり手を洗い、喫煙所から戻ってきた桑名たちと合流し、四人そろってバニラソフトクリームを買い求めた。土曜の午後だからか、サービスエリアは大混雑だ。青いパラソルが開いたベンチを見つけた叶野が「ここ、ここ」と手を振ってくる。

「ん、やっぱソフトクリームはバニラミルクですね」

「そうだね。久しぶりに食べたな。坂本くんも食べるんだ」

「まあ、たまには」

和やかに話す彼らをよそに、桐生もソフトクリームをぺろりと舐め取る。濃厚なミルク味が美味しい。いつしか夢中になって舌を泳がせていると、刺さるような視線に気づいた。

「エッロ……」

「白く蕩けた部分が真っ赤な舌に残って、これはこれは」

叶野と桑名が食い入るように見つめてくる。坂本は満足そうだ。浴衣の下まで見透かすような鋭い視線に身じろぎし、瞼を伏せた。

「まったく、桐生はどこにいても男を煽るよな」

「なに言ってるんだ、私はべつに――」

「早く車に戻ろう。熱海のホテルに着くまでおとなしくできるかどうか甚だ不安だが」

「俺も」

ごくりと喉を鳴らす叶野が無遠慮に桐生の胸元から股間へと視線を這わせてくる。熱っぽいまなざしを感じるだけで落ち着かない。急いでソフトクリームを食べ終え、桐生はそそくさと立ち上がった。

熱海のホテルに無事着いたあとはバーラウンジでくつろぎ、海岸が大勢の客で賑わう頃、連れだって外へと出てみた。

道路沿いにずらりと出店が並び、香ばしいソースの匂いが漂ってくる。早速、叶野が駆けていき、焼きそばとたこ焼きの皿を持ってにこにこしながら戻ってくる。
「みんなで食べましょう、熱々ですよ」
「お、いいね。じゃあ僕と桐生くんでビールを買ってこようか」
「お供します」
「じゃ、俺はわんこのご相伴にあずかるか」
たこ焼きをぱくつく坂本と叶野を残して、上司と近くのテントへと向かう。ビールサーバーから冷えた生ビールをカップに注いでもらい、それぞれふたつずつ持つ。
「ほかのひとにぶつからないように気をつけて」
あたりに目を配る桑名に頷き、人混みをすり抜けていく。気をつけているつもりだが、通りを歩くひとびとはみな浮かれていて、桐生の手元に注視しない。いまも若い男性に軽くぶつかられて、危うくカップを取り落としそうになった。
「大丈夫かい？」
「すみません。大丈夫です。こぼすとこだった……」
「きみは意外と危なっかしい。端正な見た目とは裏腹に、触れれば熱く蕩ける秘密を隠し持っているんだからね。……浴衣の下、なにも穿いてなかったりして」
「穿いてます……！　ちゃんと穿いてます。……サービスエリアのトイレに寄ったときだって、隣に叶野がいたんですから。下着を着けてなかったら彼に速攻バレます」
「そのとおりだ。叶野くんがもしも剝き出しのきみを見たら、その場でオオカミになってそうだね。トイレの個室に押し込まれて、浴衣のあわせから手がすべり込んでくる——桐生くんの感じやすい乳首をこりこりねじって、かすかな喘ぎを聞いたら、とっくに硬くなっているペニスを握るだろうね」
「部長……だめですってば、誰か聞いてたら……」
そっと身体を近づけてきて耳元で囁く上司の艶やかな声に、身体の奥底がずくんと疼く。この甘い疼きには覚えがありすぎて怖い。桑名、叶野、そして坂本に組み敷かれるようになってから覚えてしまった快感の兆しだ。とくに年上の桑名の声は桐生の秘めた情欲を丁寧に暴き立て、深いところに火を点ける。最初に抱き合ったのは海辺のホテルだった。商談で向かったホテルの一室に閉じこもり、淫らな時間を仕掛けてきた桑名に勝てなかったのだ。
「あの日から、僕はずっときみの虜だ。いまも可愛い乳首を嬲ってあげたいよ。桐生くんは敏感だから、人前だろうとなんだろうとすぐに喘いでしまうね、きっと。いや、すこしは我慢するかな？　声を殺すきみもいいな。夜に紛れて、きみのペニスを気持ちよくしてあげる。ふふ、もう触ってほしくてしょうがないだろう？」
「そんな、こと……」
必死に抗ったのに、声が掠れて説得力がない。

「花火を観る前に桐生くんを食べてしまいたいな」
甘い囁きはまるで呪文のようだ。その声に搦め捕られて身体がぴりぴりと痺れ、よろけてしまう。なんとか坂本たちの元へたどり着き、カップを渡した。
「なんだ桐生、顔が赤いな」
「ほんとだ。えー、部長がなんかやらしいこと言ったんじゃないですか？」
「バレたか」
これっぽっちも隠す気はないらしい桑名の堂々たる言葉に、ふたりは吹き出し、ひと息にビールを呷る。そして、桐生の手首をぐっと掴んできた。
「あっち行きましょ、課長。いいことしてあげる」
「なんなんだ、せっかく花火上がるのに」
「ちゃんと見せてやる」
叶野たちに引っ張られて人混みを抜け出し、薄暗い浜辺の端にやってきた。遊泳禁止区域まで来ると、途端にひとがすくなくなる。まだ昼間の熱を吸収したままで暖かい砂浜に座り、男たちに取り囲まれた。まず叶野がくちびるを吸い取ってきて、髪をくしゃくしゃとかき回してくる。トロッとした唾液を伝わされて、思わず喉を鳴らして呑み込んだ。
「ん……っ……」
「ほら、やっぱ課長も飢えてたんだ」

熱い舌を絡めてくる合間に呟かれ、恥ずかしくなる。そんなことはないと言いたいのだが、身体の奥底は燃え立ち、彼らをほしがっている。背後に膝立ちになった桑名が浴衣のあわせに手を差し込んできて、とうに硬くしこっていた胸の粒をこりこりと指先でねじる。彼らに愛されるようになってすっかり快感を覚えたそこは、すこし触られただけでも敏感に尖り、男たちの淫らな欲望をかき立てる。

むっちりとふくらんだ乳首をくにくにと揉み込まれる強い刺激に喘ぎ、ああ、と背中をのけぞらせた。夜目にも赤く染まっているのがわかるほどに淫靡な乳首を嬲られると、腰裏が熱くなり、身体が揺れる。

「や……だ……っ……ぅ、ん……ん……んっ……こんな、ところで……」

「ホテルに帰るまで我慢できないんだ。きみもそうだろう？」

そんな言い方をするのはずるい。共犯者に仕立てるなんて。だが、胸はズキズキするし、両脚の奥がじゅわりと濡れていくのが自分でもわかる。

叶野が正面に回って四つん這いになり、浴衣をはだけて乳首に吸いついてくる。

「あ……ッ！」

強く吸い上げられる心地好さに呻き、両手をうしろに突っぱね、砂を握り締めた。身体のバランスが崩れるのと一緒に浴衣も乱れ、叶野が強引に割り込んでくるせいで、両脚も大きく開かされる。

「だめだって……バカ、もう……っ……！」
誰か来たらどうするのか。人混みで花火を観るのがいやで、こっちまで足を運んでくる者がいないとは言い切れない。うしろ手を突いて、いやだいやだと頭を振ったが、下着越しにするっと肉茎を握られ、息が詰まる。下着の脇から指がぐぐっと入り込んでくる。カリカリと肉竿の皮膚を引っかかれ、たまらなく気持ちいい。
砂まみれになってもいいから、もっとしてほしい。
腰をわずかに浮かせたことで、桐生の欲情を感じ取った叶野がにやりと笑う。目配せして桑名に合図し、ふたりがかりで桐生の浴衣を剝がして砂浜に敷き、熱い身体を四つん這いにさせた。腰を高々と上げさせられ、秘所にちゅるっと温かな舌をすべり込ませられて、背中が弓なりにしなる。
「あ、んっ、んぁ、あ、あぁ……っだめ、啜ったら……」
ちゅるちゅると容赦なく舌で責め立てられて悶えた。腰を左右に振ってしまう自分がいやなのに、止められない。砂を何度も摑んだり散らしたりして快感から意識をそらそうとしたが、「ほしいだろう？」と桑名が目の前に膝立ちになり、己の下肢をあらわにする。長く硬い肉棒を間近に見て、ごくりと息を吞む。
「舐めたそうな顔をしている」
「そんなこと……っない……」

違うと言ったが、くちびるに濡れた亀頭を押しつけられて、知らず知らずのうちにぺろっと舐め上げた。
「おいしいかい？」
「ん……おいし……い……あ、っあ……！　だめだ、かの……っ」
長い指で窄まりをほぐされたかと思ったら、ぐうっと熱く太い雄をねじ込まれ、悲鳴にも似た喘ぎがほとばしる。
「おい、向こうの浜にも聞こえるぞ」
くくっと笑う坂本はそばであぐらをかき、スマートフォンを向けてくる。桐生の痴態をすべて録画するのが趣味の坂本にとっては、今夜の狂宴もさぞかし楽しいものなのだろう。充分に舐めほぐされたそこは凶悪な肉竿を呑み込んで卑猥に収縮し、ぐちゅぐちゅと音を響かせる。ぐっぐっとリズミカルに突き込まれるたび、身体が震えるほどの快感が襲いかかってきて声が出そうになるが、くちびるには桑名のものが押し込まれていて叶わない。必死にぺろぺろと雄をしゃぶり、上目遣いに桑名を見やる。
「そんなに物欲しげな顔をされると困るな。犯したくなってしまう」
もう犯しているではないか。なじりたいが、背後から貫いてくる叶野の勢いに屈した。桑名のものがずるりと抜けたかと思ったら、ぴしゃりと熱い白濁が顔にかかった。多すぎる精液は顔中を濡らし、それが一層、絶頂を引き寄せる。

「あっ、あっ、だめだ、もう、もう、イっちゃう、っイきたい……！」
「ん、イかせてあげます。俺も課長の中でイかせて」
ずちゅずちゅと肉襞を擦っては抜け出る男根が、雄々しく最奥を暴いてきた瞬間、一気に昇り詰めた。
「あぁ……ぁ……あぁぁぁ……っ……イく……！」
きいん、と頭の中で鳴り響く鋭い音に導かれ、どこまでも追い詰められた。そんな桐生を追って叶野がどっと吐き出し、隅々まで濡らす。卑猥な感触に涙が滲み、繰り返し繰り返し達した。それでもまだ乳首を弄られて、つらいほどの快感に声を搾り出す。どの男が胸を触っているのかわからない。
「……っは……やっぱサイコー。課長っていつも澄ましてるのに、乳首を弄られるとアンアン喘いじゃって、か一わいい」
「ほんとにね。こんなに淫らな男はどこを捜してもいないよ」
「同感だ。さてと、ホテルに帰って続きを楽しむとするか」
叶野と桑名がいとおしげに呟き、坂本が可笑しそうに笑う。どこかで花火の弾ける音がする。
それを目にしなくても、この身体で、夏の終わりと男たちの尽きぬ愛情を桐生は感じ取っていた。
頬を撫でる風はひんやりしている。秋はもうすぐそこだ。

END

ラヴァーズ文庫19周年
ほんとうにおめでとうございます！

時が経つのは早いものですね。
拙作「黒い愛情」から
ご一緒させていただいてから、
あっという間でしたが、
このように豪華ゲスト様たちとともに
お祝いできることが嬉しいです。
わたしは変わらず、乳首と一緒に
駆け抜けていきたいです!
「発育乳首」シリーズを
これからもよろしくお願いいたします。

秀 香穂里

LOVERS COLLECTION

発育乳首～蜜肌開発～ ラフ画特集

1巻と同じバスルーム
フェイクグリーン
♪
もみもみ
こういうバスタブ
口絵

帯用

部長 Yシャツ・たばこ

叶 裸パーカー

坂 ハイネック

ラブコレ19 発育tkb
いつもの二人。
背 シックなバー☆
ダークスーツとタバコ＋ウィスキーとか。
お揃いコースター（「19」入れる）
人物のみはこんな感じです。

叶野
桑名
桐生
ブルーパッケージのトリュフチョコ(4こ入り)
テレ3
バレンタイン(ハート)のトーン
りぼんとグラデーションライン
叶 ベストへ柄入れるかも?
まず部長から。
もう少し身長上げます
3ピース
3ピース
座ってはいません
叶のデスク
コーヒー
チョコ山

ハーブ
シンク
酒
消毒ビン
③
タートルネック
※カテーテルは黒
カシミアニット
ビクッビクッ
トレーナー
バーウェア

⑤
カメラサービスな画
部
一部脱ぎ。
叶
ほぼ脱ぎ。
ストーブ
みんなゴムついてるのでドロドロひかえめ。
がしがし
にセーター
スマホ
坂とは無意識に手にぎにぎしたり。
坂
イネック
ンドブレーカー
キャンプ用品数点

アメニティ
ベッドヘッド
びくっ
クリップは
にしても良い場合は
両乳首OK?
局部(時間あれば字の口元も)
ぼかし
アップ
バイブ・クリップは
黒
黒
くつ下だけ
はかせても良いですか
コルセット・
革パンツ・ネイル有.
アクセサリ金色。
なんとなく
ジェンダーレスなイメージ??

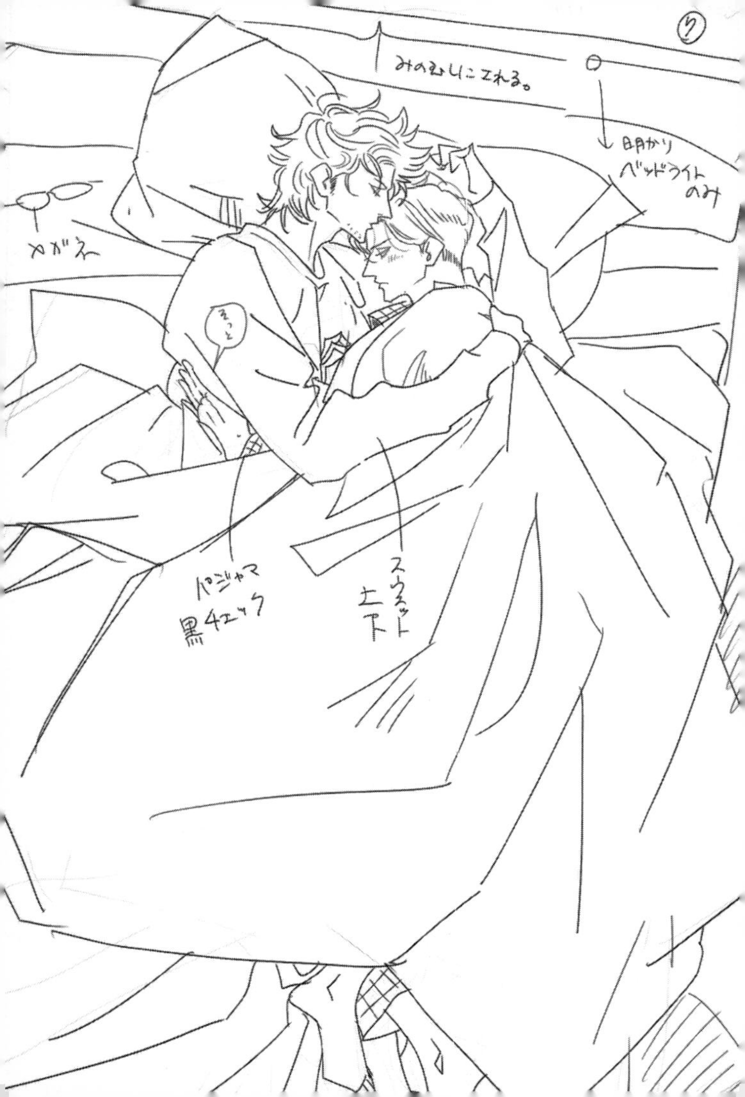
みのむしになれる。
明かり
ベッドライトのみ
メガネ
そっと
パジャマ
黒チェック
スウェット
上下

叶野
目隠し(黒)
目透かし無しの方が
エロいと思います。
有りご希望なら
ご指示を。
部長
カテーテル抜く
(銀)
吸盤(クリア)
片方は部長の
×××に使ってるので
ひとつのみ。
坂 くわえタバコ
全体に
紫煙

ラヴァーズさん
祝!!19周年!!
珍しい…?坂本のスーツ♡
桐生さん限界化とかするんだろうか
ありがとうございました!!
2023.奈良千春

これも思い出
ルールはルール
いおかいつき
illustration 國沢 智

これも思い出（リロードシリーズ）

「荷物が何もなくなると、狭い部屋でも広く感じるもんだな」
がらんどうになった部屋を見回し、河東一馬は感慨深げに呟いた。
勤務していた多摩川西署に最も近いからという理由だけで選んだ、この独身寮は、都内にある寮の中でも一、二を争うほどの築年数の古さで、今時珍しく、バス・トイレは共同で、キッチンすらなかった。だから、余計に家具がなくなると、ただの空間のような空虚な雰囲気を醸し出すのかもしれない。
一馬はこの部屋で三年ほど暮らしていた。だが、それも今日が最後だ。
異動が決まり、ここからでも頑張れば通えなくもないが、とにかく通勤時間を減らしたい一馬にとっては引っ越す以外の選択肢はなかった。
「なんだ、感慨に浸ってるのか？」
外から戻ってきた神宮が、意外そうに問いかけてきた。
「お疲れ。駐車場、空いてたか？」
一馬は質問に質問で返した。神宮には乗ってきた車を近くの駐車場へと停め直しに行ってもらっていたのだ。
「ああ、予想より近くだったたな。荷物も少なかったし、最初からあそこに停めていてもよかったかもしれない」
一馬と共に荷物を車に運び込んでいた神宮の感想だ。実感が籠もっている。
引っ越しに業者は頼まなかった。神宮の車で運べるくらいの荷物しかなかったからだ。持っていた少しの家具と冷蔵庫は、寮にいる後輩たちに譲り渡したし、いらないものは処分した。だから、服と布団くらいしか、新居に持って行く荷物はなかったのだ。
最初は宅配で送ろうかとも考えていたのが、それなら自分の車でと神宮が手伝いを申し出てくれたから、二人が休みの今日に引っ越しとなった。
最初は寮の真ん前に車を停め、一気に荷物を積み込んだ。その後、一馬の立場として、駐車違反の切符を切られるわけにはいかないと、早々に神宮が駐車場へと車を移動させてきたというわけだ。
「それで、なんだっけ、感慨深いか、だっけ？」
一馬は改めて、神宮の質問を問い返す。
「ああ。物思いに耽っているように見えたからな」
「そうだったか？」
自覚がなくて、一馬は首を傾げる。
「感傷に浸ってたつもりはねえよ。ただ、三年もいたのに、あんまり住んでた実感がないのが不思議でさ」

それが一馬の正直な気持ちだった。泊まり込みがなければ、必ず帰ってきたはずなのに、こうしてみると、自分の部屋という感覚が薄かった。

「寝るためだけに帰ってきていた部屋だからだろう」

神宮と知り合う前からここに住んでいて、一馬がどんな暮らしをしていたのか、知らないときもあったはずなのに、まるでずっと見ていたかのように神宮が言った。確かに、刑事になってからは特にそんな生活だった。

「住んでいた証を残すために、最後に何か思い出でも作るか？」

「今更？」

神宮の提案に一馬は声を上げて笑う。神宮の口から、不似合いな『思い出』という言葉が出たのがおかしかった。

「そんなに笑うことか？」

「だってさ、俺とお前で思い出作りなんて、やることは一つだろ」

一馬が表情を変え、思わせぶりな笑みを浮かべる。

何がとは言わなかったが、神宮にはもちろん通じた。

「最後に近所迷惑で苦情が来そうだな」

そう答えた神宮の口角も上がっている。

「安心しろ。今日は全員出勤で、誰も寮に残ってない」

一馬は澄まして答えた。
今日の引っ越しを管理人に伝えたときに、そう教えられた。だから、少々騒がしくしても大丈夫だとも言われていた。もちろん、管理人としては、引っ越し作業で出る物音のつもりで言っていたはずだ。
「なんだ、誰も別れを惜しんでくれないのか」
「ただの異動にそんな大袈裟なことするかよ」
しかも異動先は同じ都内。いつでも気軽に会える距離にいる。一馬は馬鹿馬鹿しいと鼻で笑い飛ばす。
「しかし、そうか、今は俺たちだけか」
神宮が改めて廊下に続くドアに近づき、外の様子を窺う。
「うん、静かだな」
「一番早い奴でも、帰ってくるのは六時過ぎだ」
一馬はこれまでの経験からの予測を口にする。日勤の警察官が何事もなく、勤務を終えて戻ってくるとしたら、その時刻になるはずだ。
「まだ二時か。充分に思い出が作れるな」
「何をするつもりだよ」
腕時計で時刻を確認する神宮に、一馬は冷静にツッコミを入れてから、

「その前に掃除だろ」

当初の予定を思い出させる。

今は午後二時過ぎ。ここには午前中から来ていたが、昼食で一度外に出ていたために、結局、荷物の運び出しと積み込みだけでこんな時刻になってしまった。

「そうだな。面倒なことはさっさと済ませるか」

神宮も反論することなく、部屋の隅に置いていた掃除道具を手に取った。

六畳一間の狭い部屋で、何もかもが共同だったため、引っ越すに当たって、掃除をすべき場所はそう多くない。

結果、三年間、一度も磨いたことのなかった窓ガラスに時間を取られたものの、二時間とからず、最後の掃除は終わった。

すっかり綺麗になった部屋を見回して、一馬は気づいてしまった。

「しまった。先に掃除をするんじゃなかった」

顔を顰めて、後悔を口にする。

既にタオル類は神宮の車に積み込んでいる。ここにあるのは掃除道具だけで、この色褪せた畳を覆うものは何もなかった。

「もう一回掃除するのもなぁ」

一馬は悔しげにぼやいた。

「そんなに汚れるほどのことをするつもりなんだな」
一馬の呟きを聞き、神宮が鼻先でふっと笑う。
「汚さないように気を遣いながらってのは、盛り上がりに欠けるだろ」
「確かにな」
神宮は笑ったままで、一馬に同意する。
二人とも、ずっと何をするかは言わないままだ。それでもわかりあって話が進む。
「かといって、取りに戻るのも興ざめだよな」
どうすればいいのか、一馬は真剣に考えていた。この部屋を出るのは、鍵を返す都合上、午後六時までと決まっている。時間的には駐車場まで取りに戻る余裕はあるが、きっとその間に冷静になってしまうだろう。そうすると、またそこから気持ちを盛り上げるのに時間がかかるのは間違いない。
眉根を寄せて考えに耽る一馬の様子が、よほどおかしかったのか、神宮にしては珍しく噴き出した。
「もう今すぐ帰ろう」
ひとしきり笑った後、神宮がそう提案してきた。
「思い出作りじゃなくて、やることがメインになってる。それなら、場所はここじゃなくていいだろう」

「ああ、そうだった。最後に思い出をって話だったんだ」
すっかり忘れていたことに、一馬は頭を掻く。途中からどうやって神宮と触れ合うか、それしか考えていなかった。
「帰ってからするしかないか」
「お前の部屋で？」
神宮に尋ねられ、これからはその選択ができるのだと気づいた。これまではずっと神宮の部屋に行くのが当たり前だった。だが、一馬の部屋も寮ではなく、マンションに変わる。いつでも神宮を招けるようになった。
「俺の部屋だな」
一馬は提案ではなく決定事項として答えた。
「新居に入って真っ先にしたのがセックスなんて、こんな忘れられない思い出はないだろ」
「そうだな」
神宮も満足げに頷く。
これでこの後の行動は決まった。もうこの部屋とはお別れだ。一馬は掃除道具の入ったバケツを手に、ドアへと向かった。
「河東」
背後から呼びかけられ振り返ると、思いのほか、近くに神宮がいた。

「ここなら外から見えない」
神宮に追い詰められ、一馬の背にドアが当たる。神宮の後ろにはカーテンの外された窓が見えた。だが、この位置では外の景色は見えない。
「見えないからなんだって？」
「この部屋で最後に一つだけ……」
神宮の囁きがはっきりと聞こえるほど、顔の距離が近くなる。
一馬は空いていた手を神宮の背に回した。
何もなくなった部屋の中、二人きりで静かに唇を重ね合う。意外とロマンチストな神宮が仕掛けたキスは、これだけでも充分にいい思い出になった。

END

ルールはルール（飴と鞭も恋のうちシリーズ）

「ちょうどいいところに俺んちがあってよかった」
三人で駆け込んだ若宮陽生の部屋に到着するなり、若宮が安堵の声を上げた。
仕事終わりで、佐久良晃紀は若宮と望月芳佳の二人に誘われ、食事に出かけた帰りだった。駅まで歩いている途中、ゲリラ豪雨に見舞われ、雨宿りするため、たまたま近くだった若宮のマンションに逃げ込んだというわけだ。
若宮は手早く三人分のタオルを取り出し、佐久良には手渡し、望月には放り投げて渡すと、てきぱきと佐久良の世話を焼き始める。ほんの数分でずぶ濡れになってしまったスーツの上着とベストはハンガーにかけられ、次に革靴の手入れを始めた。もちろん、佐久良の分だけだ。
「もしかして、最初から計画的でした？」
頭をタオルで拭きながら、望月が疑わしげに問いかけた。
「計画的って何がだよ」
「最初からここに晃紀さんを連れ込むつもりだったんじゃないですか？」
「そういえば、今日の店を決めたのはお前だったな」
佐久良もそれを思い出し、疑いの目を若宮に向ける。
「嫌だなぁ。偶然だって」

薄ら笑いを浮かべて惚ける若宮に、佐久良は完全な偶然ではなかったことを悟った。
ここ最近の天候の乱れは、天気予報士でも読むのは難しいだろう。だが、逆を言えば、頻繁に起きるゲリラ豪雨の可能性にかけて、自宅近くの店を選ぶのは簡単だ。
「まだ疑ってる？　ゲリラ豪雨を予想なんて無理ですよ」
笑顔のままの若宮が胡散臭いが、それで何か害があるわけではない。佐久良は苦笑いで首を横に振った。
「まあいい。そういうことにしておこう」
「いいんですか？」
佐久良の答えが納得いかないと、望月が問いかけてくる。望月にしてみれば、若宮が責められる状況になってほしいだけだろう。
「ああ。明日も仕事だからな」
今度は佐久良がニヤリと笑って答えた。
その笑みの理由をすぐに察して、望月は納得の表情をし、若宮は悔しそうに顔を顰める。
それは三人の間での約束だ。というより、佐久良が決めたルールだ。翌日に仕事があるときはセックスをしない。それが守れないなら、この関係は終わらせると強く言ったおかげで、おおむねこのルールは守られていた。
「そんなのわかってますよ。この部屋に晃紀が来るってことが大事なんだから」

さっきは不服そうにしていたくせに、若宮はもう表情を綻ばせている。本当に佐久良がここにいるだけで嬉しいといった顔だ。

「俺も引っ越そうかな」

望月がぽつりと呟く。敬語でないことから、望月は独り言のつもりだったのだろうが、佐久良の耳にも届いたから、口を挟まずにはいられなかった。

「引っ越し？　独身寮は不便なのか？」

佐久良は感じた疑問をぶつける。望月が警察の独身寮で暮らしていることは、以前に聞いて知っていた。本庁まで三十分で通えるという好立地の場所にあるらしい。

「特に不便はありませんよ」

望月は不機嫌そうに答えてから、

「ただ、寮だと晃紀さんを招くことができません」

それが悔しいのだと付け加えた。

「そんな理由で引っ越さなくてもいいだろう。せっかく便利なところにあるんだから。なかなかあんな好立地の場所はないぞ」

佐久良は冷静に指摘する。

通勤時間ほど無駄なものはない。刑事になってから特にそう思うようになった。緊急の呼び出しで駆けつけるのも、近くに住んでいるからこそ対応できる。佐久良が今のマンションを気に入っている一番のポイントは、通勤時間が短いことだ。

「俺にとっては大事なことです」

望月の表情は至って真剣（しんけん）だ。だが、佐久良にしてみれば、どうしても、そんなことぐらいでと思ってしまう。

「そうは言っても、捜査中（そうさちゅう）は寝るくらいしか部屋には帰らないだろう？　しかも、それ以外は俺の部屋に来ている。引っ越しをするだけ無駄じゃないか？」

佐久良は冷静に望月を諭（さと）す。佐久良が頻繁（ひんぱん）に若宮宅に来ているのなら、そういう理由も成り立つかもしれないが、今日は偶然のことだったし、これまでにもここを訪ねた回数など、片手で足りるほどだ。

物わかりのいい望月なら、すぐに納得してくれると思ったのに、未（いま）だ、望月の表情は晴れない。佐久良はどうしたものかと頭を悩ませる。

「あ、わかった」

佐久良が何か言葉を見つけるより早く、若宮が声を上げた。

「引っ越しするなら、俺のところに越してこいって、晃紀に言ってもらいたかったんですよ、コイツは」

若宮が間違いないとばかりに頷（うなず）いている。

まさかそんなことはないだろうと、佐久良が望月に視線を向けると、

「いい勘してますね」
望月はあっさりと認めた。
「どうして、そうなるんだ？」
「今のはそういう流れですよ」
「流れって……」
佐久良は続く言葉が出なかった。
まさか望月がそんなふうに考えていたとは思いもしなかった。これまで何度も佐久良のマンションを訪ねてきているが、一度もそんな話をされたことがなかったからだ。
「恋人が引っ越しを考えているなら、それはもう同棲を提案するチャンスだから」
「そういうことです。晃紀さんはそういう恋愛ごとに疎いところがありますよね。そこがいいんですけど」
褒められている気がせず、佐久良は顔を顰めるが、望月と若宮は構わずに話を続けている。
「晃紀と夢の同棲生活……」
何を想像しているのか、若宮がうっとりしたように呟く。
「二十四時間、何から何まで俺がしてあげられる」
「それだけじゃありませんよ。毎日、同じ家から出勤して、同じ家に帰れるんです」
「いや、『おかえり』、『ただいま』を言い合うのもいい」

「確かに」
二人は完全に妄想の世界に入っている。こうなっては口を挟むだけ無駄だ。佐久良は二人を放って、窓に近づく。あの豪雨がどうなっているのか、確認したかった。
カーテンを開けた先は、さっきと変わらない雨脚だ。まだしばらくは止みそうにない。
「晃紀さん」
呼びかけられ振り返ると、二人が不服そうな顔を向けていた。
「話は終わったのか？」
「参加してくださいよ」
「どう参加しろって？　そもそも、一緒に住めるはずがないだろう」
「どうして？」
不思議そうに若宮が尋ねる。
「届け出はどうするんだ？　三人が同じ住所だなんて、どう見たって不自然だろう」
秘密の関係だから、周囲にばれるような行動は極力控えるべきだ。そうなると、同棲などもってのほかだ。
「それに」
佐久良は問題点をさらに挙げた。佐久良にとっては、もっと問題だ。
「お前たちがずっと同じ空間にいて、俺が休めるとでも？」

言外に二人には無理だろうと含ませた。休日前でなければ、セックスはしないという約束は、同棲などしてしまえば、絶対に破られるという確信があった。
「あー。無理かな」
「目の前に晃紀さんがいて、触れないでいる自信はないですね」
「触ったら止まらないし」
二人は佐久良の予想どおりの答えを返す。
「だから、一緒に暮らしたりできないんだ」
佐久良は笑いながら二人の妄想を打ち砕いた。三人での同棲生活、楽しそうで興味はそそられるものの、刑事生活を続けるのなら、絶対に不可能だ。
「残念だけど、触れるだけで我慢できるのなんて、せいぜい一日くらいだし」
「連日となると、頭がおかしくなりそうです」
望月がそう言った後、二人は佐久良をじっと見つめた。
「でも、今日だけなら我慢できますよ」
「触れるだけでもね」
二人の醸し出す空気がガラリと変わった。急に淫靡な雰囲気を漂わせ、佐久良に近づいてくる。
「触れるだけなら、いいんだよね？」

「体の負担はありませんから」

二人がさらに距離を詰めてくる。元々、同じ部屋にいて、さほど離れていなかったのに、あっという間に二人の手が佐久良に到達してしまった。

「まだ雨も止んでませんね」

「その間に、濡れた服を乾燥機にかけておくよ」

だから脱いでと、若宮の手がシャツのボタンにかかり、ネクタイは望月が引き抜いた。

「……どこまでする気だ？」

問いかける佐久良の声が微かに震える。

「セックスはダメだって言われてるから、入れる以外は全部」

その言葉と共に、佐久良の肩から、シャツがずり落ちた。上半身だけとはいえ、一人だけ肌を晒すことに、知らず知らず体が震えた。

「寒いですか？　大丈夫、すぐに温めますから」

もうとっくに期待で体は熱くなり始めていた。けれど、それに気づかれたくなくて、佐久良は問いかけには答えず、ただそっと顔を伏せた。

END

19TH ANNIVERSARY

ラヴァーズ文庫19周年
おめでとうございます！

今年もまたラブコレにリロードと飴鞭の二本で
参加させていただけたこと、
何より嬉しく思っております。
年に一度のお祭りなので、
本編よりもラブラブでイチャイチャな
雰囲気でお届けしました。
楽しんでいただけると幸いです。

ラヴァーズ文庫がこれからも長く続くことを
心から願っております。

いおかいつき

LOVERS COLLECTION

飴と鞭も恋のうち~Fifthハートブレイク~・リロードシリーズ ラフ画特集

口絵ラフ
P18

口絵ラフ
P15

寺居

④ 喘いでいるところというより
甘やかしてるところで

5

6

7

⑧-1

りロードシリーズ

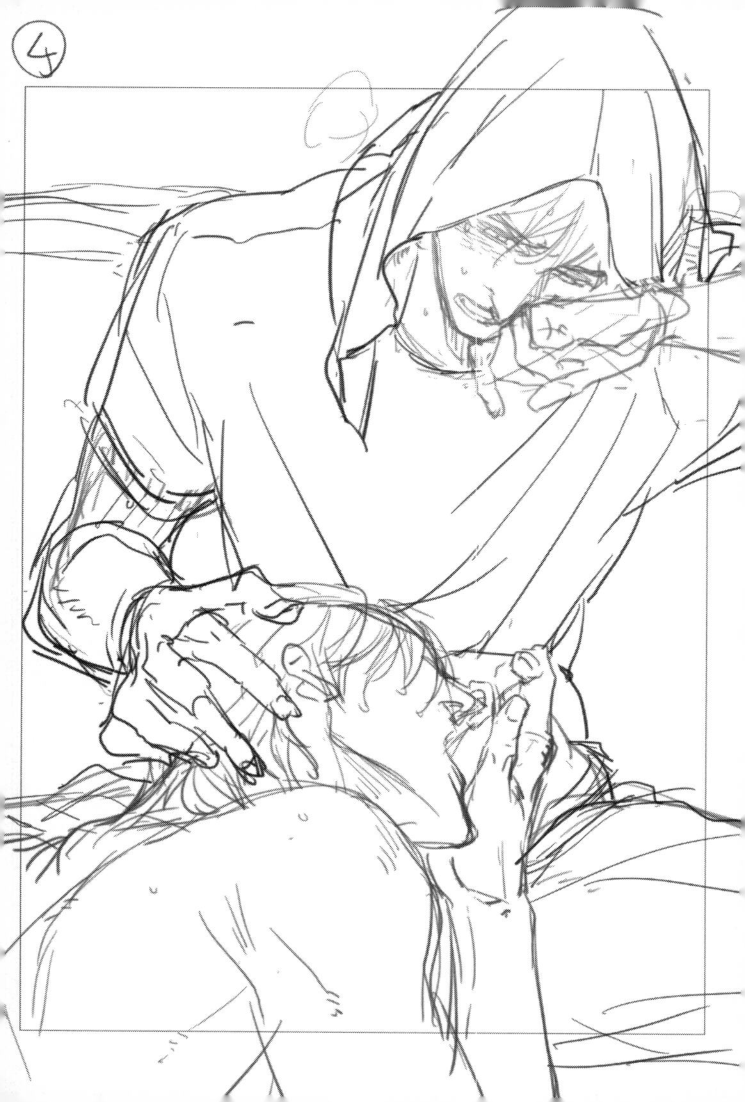
4

6

幸せな
食卓
ふゆの仁子
illustration 奈良千春

高柳智明は改めて言うまでもなく、食べることが大好きだ。つけ足すならば、美味しい物を食べることが大好きだ。食べているとき、笑顔になれる。笑顔の人と共に食事をするのも好きだ。美味しい物は人を幸せにしてくれる。そんな高柳が幸せそうに食べている姿が、また他の人を幸せにする。まさに幸せの連鎖だ。そんな高柳がプロデュースする料理が美味しくないわけがない。

そんな高柳は、マレーシアのコタキナバルで始めた紅茶及び紅茶農園のプロデュースに伴い、軽食を提供できるレストランを用意した。

今はまだ農園や工場の改装工事途中で、大勢の客を十分招き入れられる状況にはない。そのためこれまで使用していた建物内の一部で、なんらかの理由で訪れた来訪者をもてなす程度だ。

中心となる料理人は、以前より工場で働いていた女性だ。使う食器も特別な物は使用していない。マレーシアなら簡単に手に入る。食材も同様だ。

真新しい料理はない。マレーシアの人なら誰もが食べ慣れている。

にもかかわらず、口コミで広まった情報から、日々、農園への来訪者が増えていた。それも大半が、農園のレストランが目当てだという。物珍しさ故かと思っていたらそうではなかった。来訪者の半分は、「前回食べて美味しかったから」また食べたくて訪れたのだという。

その話を聞いた高柳は「ふうん」と応じたのみだ。

驚かないのかとティエン・ライに問われても、高柳はある意味、当然だと思っていた。

正直を言えば、まったく驚いていないわけではない。実際、料理は絶品だから。ただ、思っていたよりも反応が大きかったのは否定しない。

中心となり料理を作っているのはアイシャという女性で、高柳が初めて農園に訪れた際に食した料理を作っていた人だ。典型的「お母さん」雰囲気の彼女の料理を味わったことで、高柳は今後の展開がイメージできたのだ。

本格的オープンの際にも、アイシャには中心人物として活躍してもらうつもりでいたが、より彼女の力を発揮し得る状況を考えねばならないと思い始めていたとき――。

テーブルに並んだパンを目にした高柳は、驚きを隠せなかった。

アイシャの料理を食べた回数はもう何度かわからない。スコーンやクッキーは食べていた。市販されている食パンで作られたサンドイッチも美味しい。

でもその日のパンは違った。小さなパンがいくつもくっついたような、形状からして可愛い。食べてみたら、その優しい食感にまた驚かされた。

「めちゃくちゃ美味しい。これ、どこのパンですか？」

「私が作った」

「え。アイシャが？　美味しいパンを作るのは難しいって言ってたよね？」

「そう。でもこのパンは、ここに来た日本人旅行客に作り方を教えてもらったの」

「え？」

アイシャの料理に感動した日本人観光客と、パンの話になったという。
これまでにも、自家製パンの話はしていたのだが、人に提供する美味しいパンを作るのは難しいという結論になっていたのだ。
「このパンはありだと思う、けど……」
洗練されたパンではないものの、優しさに溢れた素朴な味わいで、アイシャの作るマレーシア料理にも合う。
「簡単で美味しいパンが作れるというから教えてもらって、昨日、家で作ったの。そうしたら本当に簡単で美味しかったから、今日作ってみた」
「え？」
「タカヤナギさんにも簡単に作れるよ。やってみたらいい」
アイシャはその場で、レシピを書いたメモを高柳に渡してくれた。
「――というわけで、早速パンを作ってみようと思います」
「ます！」
高らかに宣言する高柳の横で、元気な声で応じたのは、飛龍だ。可愛いキャラクターの描かれた子ども用のエプロンをつけたフェイロンは、大きく見開いたキラキラな瞳を隣に立つ高柳へ向けている。

高柳はそんなフェイロンに、満面の笑みで応じ、「まずはー」と、先日アイシャにもらったメモ書きを手に取った。
「まずは強力粉とお砂糖と塩とドライイーストをボウルに入れてー」
「いれて！」
フェイロンは高柳の言葉の語尾だけ真似て繰り返す。手伝おうという意思は感じられるが、量を測りながらの下準備の段階では、さすがにフェイロンに任せられる部分はなかった。
一通りボウルに入れ終わってさっくり混ぜたところで、手にしていた泡立て器をフェイロンに渡す。初めて目にする物に大きな目をさらに大きく見開いた。
「たかやなぎ？」
何をするのかと目で訴えてくるフェイロンの背後に回って、己の手を小さな手に添えて泡立て器の使い方を教えることにする。
「こうやって粉を混ぜ合わせて……あ」
強く上へ動かした瞬間、二人の手から抜けた泡立て器が白い粉を撒き散らしながら宙を飛ぶ。どこへ行くのかと眺めた先で、伸びた手がその泡立て器を掴んだ。
瞬間、ふわりと白い粉が舞ったものの、すっと体を後ろへ逸らすことで、己への被害は最小限に留めていた。
「何をやってるんだ」

聞いてくるのは、高柳とフェイロンのやり取りを少し離れた場から眺めていたティエンだ。眼鏡についた粉をティッシュで拭い、肩を竦めた男の声音には、苦笑が混ざっている。ティエンから泡立て器を受け取りながら、高柳は笑顔で応じる。
「さっき言ったでしょ。パンを作るんだよ」
「最近はパンを作るのに、泡立て器を飛ばす必要があるのか？」
「これはただのミス。細かいこと、ねちねち言わないでよ。ねー、フェイ」
「ねー」
首を横に傾ける高柳に合わせ、フェイロンも首を傾げた。
改めて慎重に粉を混ぜ合わせながら、高柳はティエンに向かって説明を始める。
「フェイはさ、前にマレーシアに来たとき、一緒にいちご狩りには行けたけど、リヒトさんの農園には行けてないでしょ？」
「だからホントは、一緒に農園でアイシャさんの絶品料理をフェイロンにも食べてもらいたかったんだけど、タイミング悪いことにちょうどお休みなんだよね、この時期」
本格的に農園がオープンしたら、しばらく忙しい日が続き、長期の休みを取るのは難しくなる可能性がある。そのため、農園のスタッフには交代で、今の時期に長期休みを取ってもらうよう働きかけていた。
結果、アイシャの休みとフェイロンのマレーシアへの再訪時期が重なることがわかった。

「アイシャさんの料理を親戚の子どもが楽しみにしてたって話をしたら、冷凍にしたお料理を何品か用意してくれたんだ」
「それでなんで今、お前はパンを作ってるんだ？」
「美味しかったから。ね、フェイ」
「はい！」
高柳が語り掛ければ、フェイロンは当然のように応じる。
「意味がわからん」
これ以上、話を続けても時間の無駄だと悟ったのだろう。ティエンは眼鏡を掛け直して席を立つ。場所を変えて過ごすつもりらしい。
「いいよ、わからなくても。出来上がったら呼ぶから、それまで待ってて」
「まっててー」
高柳を真似するフェイロンは、表情や口調から楽しそうなことが伝わってくる。そんなフェイロンと一緒にティエンの後ろ姿に手を振った。ちらりと振り返ったティエンは、面倒くさそうに、でもしっかりフェイロンに手を振り返してくれる。
元々の性分なのだろう。ティエンは己の甥を大切に想っているし、確かに愛情を持っている。だが幼い子どもにどう接していいのか、生まれてもう何年も経ていても、よくわかっていないようだ。

実際、ティエンがフェイロンと会うとき、高柳を抜きに二人だけで過ごす機会は数える程度だろう。それも高柳が一緒にいられない緊急事態のことが多いゆえに、それほどコミュニケーションは必要としない。

だから、いざこういう風に、ただ一緒に時間を過ごすだけのとき、ティエンはフェイロンに限らず、幼い子どもと何をどう話せばいいのか、わからなくなってしまうのだろう。

「ティエンって、実は人見知りなんだろうな」

隣の部屋へと移動する背中を見て独りごちる。

「たかやなぎ?」

発する言葉数は少なくとも、人の感情を読み取る能力に長けてるフェイロンは、わずかな高柳の感情の変化にも気づく。心が読めるのかもしれない。

何しろ、香港の裏社会を統べてきた、香港の『龍』と称される存在だ。香港やティエン一家とのつき合いは長くなったものの、いまだ『龍』が何を意味するのかよくわかっていない。決して綺麗事で済まされない世界だということもわかっている。高柳はティエンと生きていくと決めたときから、現実から目を逸らさないことにした。

フェイロンが背負う運命の大きさも薄々知りながら、今こうして過ごしているときは、ただの可愛い可愛い天使だ。ふとした瞬間、ティエンを感じる表情を見せるのがまたたまらない。

幼いティエンと出会っているような気持ちになれるのが嬉しいが、ティエンはそういうのもあって、フェイロンを遠ざけているのかもしれない。

「難しいこと、考えるのやめればいいのになあ。ねえ、フェイ」

「はい」

どこまで理解しているのかわからないが、フェイロンは高柳の求めに応じるように返事をした。

思考を巡らせつつも手は動かしていた。粉っぽさがなくなるまで、ヘラを用い、ボウルの中で混ぜ合わせていた。ある程度まとまったところで、今日のために用意した、木の板の上に薄く粉を敷いた。興味深く、背伸びをして眺めていたフェイロンに向かって、少しだけわざと、ふっと息を吐いてみると、白い粉が立ち上がった。

「……っ」

咄嗟に頭を引き、小さな手で口と鼻を覆うものの、一瞬遅かった。フェイロンの顔と髪が少しだけ粉に染まる。何が起きたのか理解できず、大きな目を何度も瞬かせていた。

「ごめん。意地悪した」

高柳は手にしたハンカチを濡らし、前髪についた粉を払ってから顔についた分を拭いてやる。怒るだろうか、泣くだろうかと思いながら、鼻を拭いていると、鈴の音のように「あはは」と笑い出した。

「え、どうしたの、フェイ」

顔を覗き込もうとしたら、小さなフェイロンの手が高柳の鼻に伸びてきた。チョンとそこに触れてにっこり笑う。

「おんなじ」

何が同じなのか問おうとして、棚のガラス扉に映り込む己の顔に気づく。フェイロンの触れた鼻の頭が白くなっていたのだ。多分、粉に触った手で無意識に触れてしまったのだろう。

「そうだね、おんなじだ」

目を合わせ、ひとしきり笑い合ってから、顔の汚れを落とす。そうして改めて料理に戻る。

アイシャの作ったパンは、日本で言う「ちぎりパン」だ。彼女に教えてもらったレシピをもとにインターネットで作成動画も探して、フライパンで作る方法に辿り着いた。

当初は、自分で作ってフェイロンに食べさせるつもりだったが、これなら一緒に作れるかもしれないと思ったのだ。

だが、いかんせん高柳も初めて挑戦するパン作りだ。簡単にいくわけがない。だから事前に練習したところ、思ったより発酵しないとか、思ったより膨れないなど試行錯誤しつつ、なんとか食べられる物を作れる状況に辿り着いたのが今日だ。

「べたべたー」

フェイロンはきっと、パンはもちろん料理の手伝いなどしたことはないだろう。おそらく、泥遊びもしたことがない。パンを捏ねる感触が不思議でしょうがないらしい。

「もう少し捏ねてると、手につかなくなるよ」
一緒に捏ね続けていると、まとまってくる。
それを丸めてから、まず一次発酵。
「まだー？　たかやなぎ、まだー？」
「もうちょっとかな」
発酵するのを待つ間、フェイロンは生地の周りをぐるぐる回っていた。キラキラした目で待つフェイロンを見ているだけで幸せな気持ちになる。
二十分ほど待って確認すると、
「あ、おっきい」
発酵する前より一回りは大きくなった生地を見て、フェイロンは素直に驚いた。
「大きくなったねー。それじゃこれを、さらに捏ねるよ」
生地の中のガスを抜き、フェイロンが丸められるぐらいの量になる八等分に分ける。
「これをぐるぐる丸めてくれる？」
「はーい」
全部を丸めたら、クッキングシートを敷いたフライパンの中に並べた。
「もうちょっと」
ここからさらに二十分待つのだと伝えたら不機嫌になるかと思ったが、フェイロンはあっさり「わかった」と言う。高柳と一緒に汚れた手を洗い、おとなしく椅子に座る。待つことも楽しみの一つだとわかってくれたのかもしれない。

「……成長してるなあ」

発酵するパン生地のように、フェイロンもまたどんどん大きくなっている。こうして自分と一緒に過ごしてくれるのは、いつまでだろうか。

まるで親のような気持ちになって感傷的になっていると、フェイロンが不意に椅子を下りた。

「たかやなぎ。抱っこ」

そして、とてとて歩いて高柳の前に来ると、両手を開いてきた。抱っこをせがむときの仕草だ。広げられた手の愛しさに、鼻の奥がツンとする。

「……赤ちゃんだなあ、フェイロン」

苦笑しながら、フェイロンが赤ちゃんでいてほしいと思っているのは、他でもない高柳だ。それがわかっていてフェイロンは、あえて赤ちゃんのように抱っこをせがんでくる。

「おいで」

高柳はまだ小さなフェイロンを膝に抱き上げる。もうミルクの匂いもしなくなった。その代わりに、今一緒に作っているパンの匂いがする。

「たかやなぎ、大好き」

「僕もフェイロンのこと、大好きだよ」

改めて、この瞬間が愛しいと思う。小さな背中を強く抱き締め、頭にぐりぐり頬(ほお)を押しつけていると、さすがに苦しかったのか、フェイロンが「やーだー」と抗議(こうぎ)の声を上げた。
「下りたい？　でもダメ」
さらに強く抱き締めると、遊んでもらっている気分になったのだろう。
「きゃ、きゃ」
フェイロンが高い声を上げている。すると隣の部屋にいたティエンが異変に気付いたらしい。
「どうした？」
心配していたのだろうが、二人が戯(たわむ)れているだけだと知ったティエンは、呆(あき)れたように肩を竦(すく)めた。
「何をやってるんだ？」
「愛を確かめ合ってるところ。ね、フェイ」
「ね！」
さらにぎゅっと抱き締めてから、高柳はティエンに向けて手を伸ばす。
「ティエンもおいでよ」
「はあ？」
誘(さそ)ってみるが、露骨(ろこつ)に嫌そうな声をあげられる。
「なんで俺が」

「いいから！　フェイも誘って。おいでって」

　高柳が促すと、フェイロンは一瞬眉を顰めつつも、「お願い」と更に促すとちょっと照れたように、もじもじしながら同じようにティエンに向かって手を伸ばした。

　こんな風にフェイロンがティエンに向かって何かを訴えることは珍しい。二人の関係もこれから少しずつ変わっていくのかもしれない。

「ほら、ティエン」

　改めて高柳からも誘う。視線と声色でもフェイロンの願いを叶えてくれるよう伝える。

　ティエンはそこで拒むような男ではない。

「……ったく」

　苦笑しつつも、ティエンは高柳とフェイロンの二人を、広げた両手で包んできた。

「これで満足か？」

　呆れたように顔を覗き込んでくるティエンの頬に、高柳は溢れる想いのままキスをする。横目で睨んでくる男に、高柳は満面の笑みを向ける。

「ありがとう」

「今夜、覚悟してるんだろうな？」

　口角を上げたティエンの唇に、高柳は自分から口づける。

「もちろん！　望むところだよ」

明るく答えてみると、ティエンは眉間に皺を寄せる。

「本当にわかってんのか？」

さらに続けようとしたティエンの頬に、小さな手が伸びる。そして腕の中にいたフェイロンは、高柳の真似をしてティエンの頬に口づけた。

「……フェイ……」

キスされた当人よりも高柳のほうが目を丸くする。

「たかやなぎも」

そんな反応には気づかないのか、驚く高柳の頬にもキスをしてきた。柔らかいその唇の感触に、高柳の胸が熱くなる。

「僕からもお返し」

ティエンのことは一旦置いておいて、全力でフェイロンに向き直って、その頬にキスをする。それから強く抱き締め、頭をぐりぐりする。

「たかやなぎ、いたい」と言いながら、フェイロンがティエンに向けた勝ち誇ったような視線に、高柳は気づかなかった。

「パン、放っておいていいのか？」

ティエンの指摘で高柳は思い出す。

二十分待って、改めてフライパンの中のパンを見ると、二倍ぐらいに膨れ上がっていた。

「大きくなってるね。これなら大丈夫。ここから焼くよ」
「まだ?」
「あとちょっと」
片面が良い色に焼けたら、ひっくり返して裏を焼く。待っているフェイロンからしたら長い時間だが、普通のパンと比べれば、遥かに短時間で出来上がるのだ。
フライパンに火をつけて焼いていると、すぐに芳ばしい香りが漂ってくる。
「たかやなぎ!」
フェイロンもわかったらしく、高柳の腕を引っ張って早く食べたいと訴えてくる。
「もうちょっとだよ。待ってる間に、美味しい紅茶を淹れよう」
「はい!」
「フェイロン用の特製ミルクティ。たっぷりのミルクとたっぷりのお砂糖を加える」
カップ三つに注ぎ入れたところでパンも焼きあがる。
クッキングシートごと持ちあげて皿に盛る。
「おっきい」
「くっついちゃったからね」
パン切りナイフで切り分けて、アイシャからもらったバターとジャム、はちみつを添えた。
「さ、食べよう」

ティエンも交えて試食タイムとなる。用意された、あまーいミルクティに微妙（びみょう）な表情を浮かべながら、一緒にパンを口に運ぶ。

「……ん！」

ふわふわもっちりな食感。さすがにアイシャの作ったパンに比べたら完成度は低いものの、予想した以上に美味しい。

「おいしい」

フェイロンも同じらしい。あっという間に最初のひとつを食べおえて次に手を伸ばす。ティエンもまんざらでもないようだ。

「思っていた以上に簡単だし、また作ろうかな。そのときはフェイも手伝ってくれる？」

「はい！」

「ティエンも次は手伝ってくれるよね？」

「気が向けばな」

「素直じゃないな。美味しかったでしょ？」

改めて尋ねると、ティエンは不承不承（ふしょうぶしょう）「悪くはなかった」と応じた。つまり美味しかったということ。

「みんなで食べるとより美味しいね」

高柳の言葉に、フェイロンが「はい」と嬉しそうに応じた。

ＥＮＤ

19TH ANNIVERSARY

ラヴァーズ文庫19周年
おめでとうございます!

一年経つのが
あっという間すぎてびっくりします。
来年は20年!
これからも変わらず、濃厚で濃密な世界を
突き進んでください。

ふゆの仁子

LOVERS COLLECTION

龍虎の甘牙 ラフ画特集

このへんに
茶葉っぽいー？
龍入れるなら
空にシルエットで
入れます（要ご指示）
背
熱帯系の
夜景です
指輪有り。
二人とも
黒服で！
前回と同じ
色違い麦わら帽
刺
いちゃいちゃ
指からめ
ハイビスカス
（マレーシア国花より）

D絵
生成り&ウッド
ベッド
??
ネックレスリングは
外してますが(テーブルの上)
指には着けたまま??
ドテーブル
夜景
所々キスマーク有り。
刺青
内側なので

ラブコレ19
龍
背景）伊勢 夫婦岩風・初詣？
背景はつながってますが
提出時はこのように
切り抜きます。
カエルとおみくじ掛け。
着物
（模様は無し、入れても控えめに。）
メガネは黒フレームにします。

MADE IN JAPAN
観光客他にも。
リヒトや混じって
ハリーっぽい
シルエットも
入れるかも。

(夜) 屋台のネオン。
鉄筋屋根
ばらの花 飛ぶ。
ホカホカ。
アクセ多め
首まで刺青
花柄
胸焼けティエン →
ストライプ
黒
サングラス
メニューは P56〜
ラクサ
油付きウッドテーブル
(高) ぼうしは無し
リーはサンダル
プラスチックガーデンチェア
ティエンもサンダル?

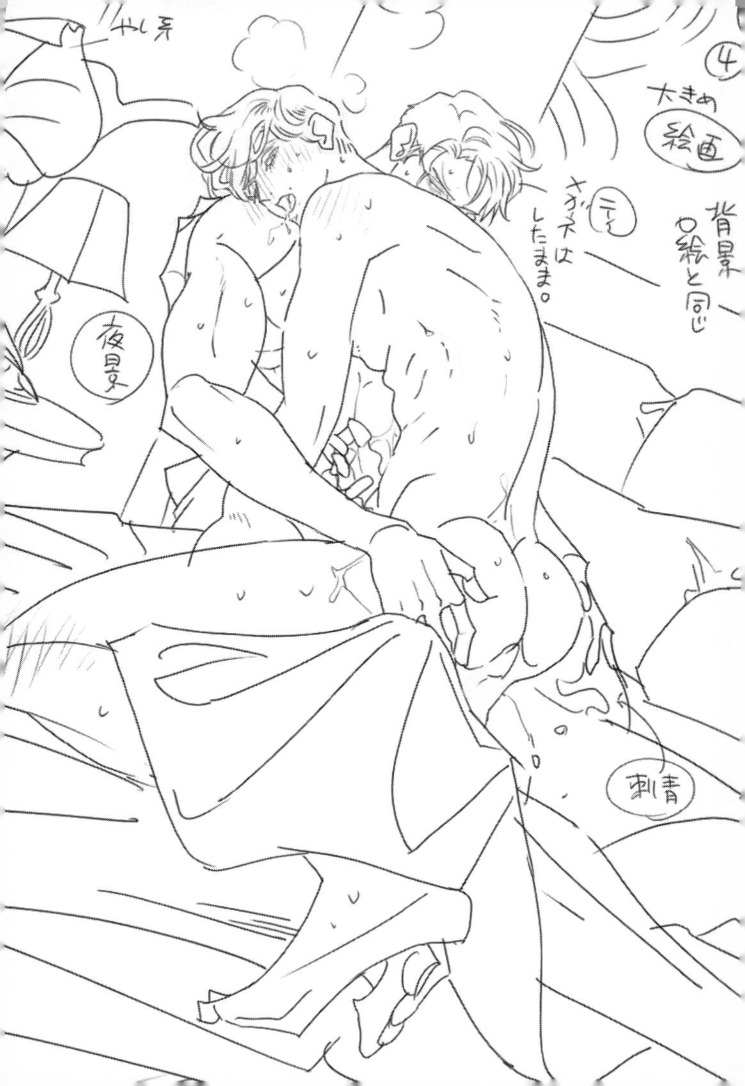

やし系
④
大きめ
絵画
背景の絵と同じ
ネクタイはしたまま。
夜景
刺青

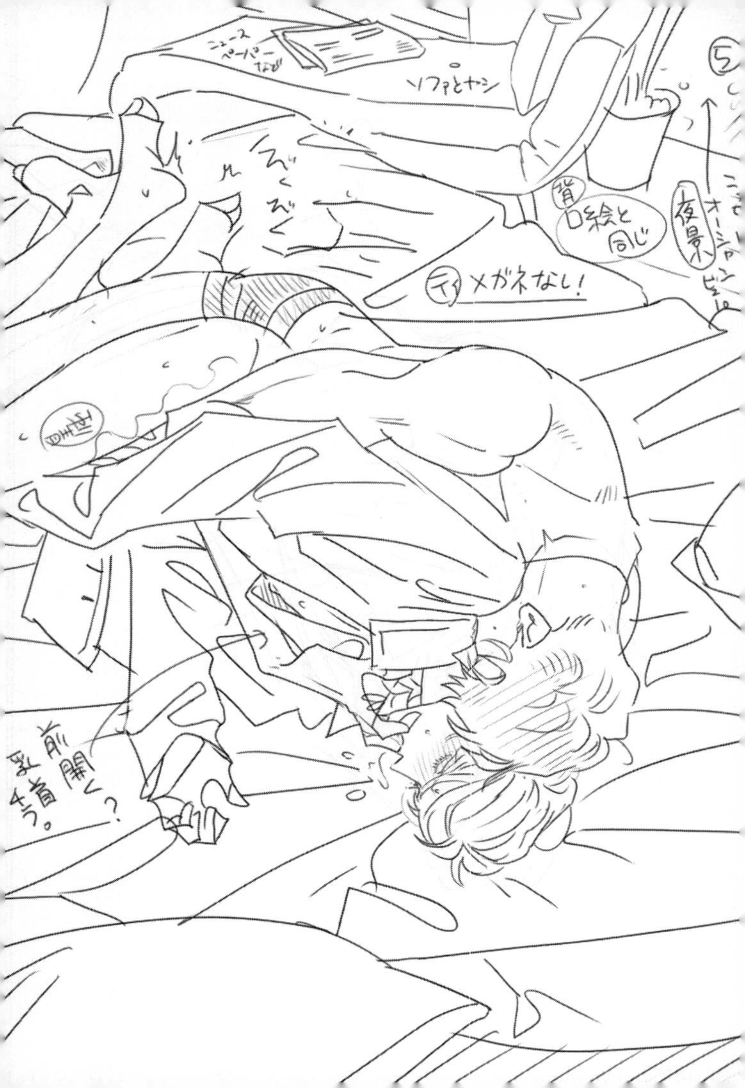
⑤
オーシャンビュー。
夜景小
背
口絵と同じ
ニュースペーパーなど
ソファとヤシ
メガネなし!
前開く?
乳首もう。

サングラスは外すっ
次のシーンはメガネに。
鬼電ティエン
麻青
ブルーモスク
トーン
地黒運転手

③
セイフル。
ふくよか。スーツ。
黒
柄
右うで刺青
短剣
銃
詳細P154〜
ジャヒール（顔見せない・スーツ。肩を撃たれた。）
リセト Yシャツとズボン。
返り血。
青麻
ボディバッグ
黒
廃線やドラム缶
止血布
黒

ファンライト ⑧
二人とも
しどろ
しどろ。
メガネなし。
刺青
まど外
月夜。
やし木

ラヴァーズさん
19周年おめでとうございます!
高柳のおかげですっかり丸くなったティエンですが
たまに初期のひりついていた彼も恋しくなります
ありがとうございました!
2023. 奈良千春

Engage
犬飼のの
illustration 國沢 智

貴族悪魔同士は、恋をしてはならない。長く一緒にいることすらも許されない。
女貴族が存在しない不自然さを正そうとして、どちらかが女性化してしまうから。
女貴族は、魔王の手で葬られる運命にある。
それは王が替わっても変えられない、魔族の掟――。

吸血鬼ノア・マティス・ド・スーラと、グリズリー獣人グレイ・ハードの関係を世間が知ることになったのは、二人が出会ってから二年後のことだった。
一緒になればどちらかが女性化し、死罪になる――そんな状況の中で、二人は命懸けの恋を選び取った。禁断の女性化を防ぐための臓器摘出手術を受け、晴れて世間が認める貴族同士のパートナー関係を築くと決めたのだ。
その決意は揺るぎないものだったが、二人の想いとは裏腹に周囲は猛反対した。
父親のルイ・エミリアン・ド・スーラを始め、紲も馨も蒼真も、二人の恋を応援することはなかった。かといって恋そのものを反対していたわけではなく、手術を受ける決断に関して「まだ早い」と意見せざるを得なかったのだ。
ノアは親族の説得を受け入れ、「十年経っても気持ちが変わらなかったら手術していい」と言った父親の言葉に従うことにした。

それから五年の歳月が経ち、「十年は長すぎます」と再び伺いを立てたノアに、周囲は誰も反対しなかった。
遠距離恋愛で清い交際を続ける二人に、口を出せる者はいなかったからだ。
出会って七年目の秋、ノアとグレイの想いは、魔王の馨や宰相のルイに認められ、女性化を防ぐための腎臓摘出手術が行われた。
再生能力が働かないよう、一週間の絶食期間を経て手術を受け、さらに術後も一週間の絶食期間を取り、摘出した腎臓が再生されないまま体が固定されたことを確認できれば成功という、過酷な試練だった。

北イタリアのホーネットの森に、今年も秋がやってくる。
かさついた赤や黄色に色づく午後の森を歩きながら、ノアは右腹部を軽く押さえた。
白いシャツの下には傷一つ残っていないが、腎臓は欠損したままだ。
臓器を一つ失ったことによる不都合は特に感じていない。
むしろ女性化不可能になったことで男として完全体になった気がして、単純にうれしかった。
これでようやく、グレイとキスができる。
子供のようなキスなら何度かしたことがあったが、できたのはそこまでだった。

女性化するのが恐ろしくてびくびくしてきたが、もうその必要はないのだ。

これからはなんでもできる。キスやセックスはもちろん、連日一緒に過ごすことも、正式に結婚することもできる。

よろこびのあまり早足になったノアは、グレイの支配区域に足を踏み入れた。

すぐに彼の魔力を感じられる。

グレイの術後の経過は悪くないようで、ノアはほっと一安心した。

愛されている自信はあるものの、術後の飢餓状態は本当につらくて――もしかしたら、彼は自分の選択を後悔したのではないかと、何度か疑ってしまった。

何しろグレイは獣人だ。飢餓の苦しみは吸血鬼の比ではなかっただろう。

狂いそうなほどの飢餓感にのたうち回りながら、こんなことなら貴族悪魔なんかを愛するんじゃなかった――と思ったとしても責められない。

そういう瞬間があったかもしれないグレイに、ノアは会いに行く。

それが許されたのは、手術から二週間経ってからだった。

「グレイ」

城を出る前に連絡を入れたせいか、或いは気配を近くに感じたからか、グレイは丸太小屋の入り口まで迎えに出ていた。

明らかに痩せたのがわかり、ノアは彼の顔を見るなり感情を揺さぶられる。

朗らかだった以前の彼とは面差しが変わり、いささか野性的になったように見えた。
しかし笑顔になると以前のままで、変わらぬ口調で「会いたかった」と言ってくれる。
「グレイ……」
「ノア……つらかっただろう?」
「私よりも、獣人のお前のほうがつらかったはずだ」
「——いや、それが意外とそうでもないんだ。飢餓感で意識が飛んでて、ほぼ別人格になっていたから、実はあまり憶えてない」
「そうだったのか?」
「かなり暴れたらしい。記憶にないけど」
グレイはジョークのように言ってから、「そんなことはもうどうでもいいよな」と笑った。
そしてノアの体を姫君のように抱き上げ、「待ちわびた花嫁だ」としみじみと言う。
「花嫁……そんなふうに言われる日が来るなんて、夢にも思わなかった」
「本当に? 本当に夢にも思わなかった?」
「いや、嘘だな。夢見ていた」
自分の中にあった正直な気持ちを語ると、グレイはうれしそうに目を細める。
初めて出会ったときも、こんなふうに抱き上げられたのを思いだしながら、ノアはグレイの口づけを求めた。

「ん……ぅ」

「――ッ、ン」

もう完全に元気になったのか？　随分痩せたんじゃないか、本当に大丈夫なのか？　そんなことを訊きたいけれど、全部あとでいい。

付き合い始めてから七年――ずっとしたかったキスができているのだ。

そのよろこびに、今は存分に浸りたい。

「は……んぅ、ふ……っ」

「――ン、ゥ……」

抱き上げられて小屋の中まで運ばれる間、ずっとキスをしていた。

グレイの厚みと弾力のある唇を、ノアは貪るように吸い、吸い返される。

そっと触れるだけのキスでは不完全燃焼のままくすぶっていた春情が、今は自由を得た炎のように大きく燃えて、体中を熱くしていた。

グレイの腕の中で体温を上げていく体は、これまで知らなかった新しい自分だ。

グレイに抱かれることしか考えられず、それが可能になったよろこびに心躍らせている。

寝室の扉が開かれると、抑圧されていた欲望の扉が、一気に開く心地だった。

「は……ん、ぅ……」

「ン……ノア……ッ」

ベッドにどさりと下ろされて、一層激しいキスを受ける。
グレイの舌が口内を駆け回り、余すところなく味わいながら熱を置いていった。
普段は冷たいはずの口内が、信じられないほど熱くなる。すべてはグレイに与えられた熱のせいだ。
とろりと口角から溢れる唾液も熱く、零れる息まで熱っぽくなる。
氷の薔薇などと表現される吸血鬼の自分が、湯気でも立ちそうなくらい熱く感じた。
「あ……グレイ……」
スラックスと下着を滑り下ろす手つきに、ノアは恥じらいながらも従う。
シルクのシャツのボタンを自分で外して、白すぎるほど白い肌をさらした。
グレイは名残り惜し気に唇を離すと、着ていたシャツを捲り上げて豪快に脱ぐ。
露わになった上半身は、獰猛なグリズリーを彷彿とさせるほど肉感的で、筋肉の塊だった。
褐色の肌は瑞々しく、飢餓の期間を抜けてすでに完全体になったことを感じさせる。
あまりにたくましくて、上半身を見ているだけで淫らな気持ちにさせられた。
「グレイ……っ、ぁ……」
抱かれるほうは初めてなのに、早くも、濡れる……という感覚を知ってしまう。
下着を取り除かれて露わになったノアの性器は、すでに十分すぎるほど張り詰め、先走りに濡れていた。

「私も……見たい」
「ノア……」
上半身を見ただけで濡れてしまうなら、グレイの性器を見たときはどうなるのかと……少し怖いような期待感に胸が躍る。
ベッドに膝を立てているグレイのスラックスと下着を下ろさせると、そこから浅黒い肉棒が現れた。
不遜なほど天を仰ぎ、裏筋を堂々とさらしている。
一つ一つの血管がノアの小指ほどもありそうで、上半身を見たときとは比べものにならないほどの劣情を感じる。濡れる……というよりは、火を点けられるような感覚だった。
「グレイ……」
「ノア？」
猛々しい性器を目にするなり大人しくしていられなくなったノアは、本能の赴くままに彼の性器に口づける。舐めたくて舐めたくてしかたがなくて、まずは雁首の先端をじゅうっと強く吸い込んだ。
「――ッ、ゥ」
グレイは甘みの強い声を微かに漏らし、全身をびくりと硬直させる。
一舐めで感じているのだと思うと、うれしくてもっと吸いたくなった。触りたくもなった。

ノアは待たされた七年分の想いを籠めて、グレイの性器を舐めては吸い、長く器用な手指を使って扱き上げる。

「く、ふ……ぅ」

「――ッ、ハ……」

頭を撫でるように髪を梳かれると、自分がしている行為にますます興奮した。

グレイの性器はあまりにも大きくて口に含むことはできなかったが、なるべく大きくかぶりつきながら表面を吸う。

パンパンに張り詰めた血管に沿って舌を動かし、尖らせた舌先で鈴口をほじくる。

キスすら満足にできなかった日々と比べて、あまりに自由で幸せだった。

グレイが滴らせる蜜の味まで愛しくて、胸が歓喜に包まれる。

「ん、く……ぅ！」

グレイの性器を味わっていたノアは、腰に香油を垂らされたことに気づく。

長い腕が双丘の間に向かっていくのも、彼の指がどこをどうするかもわかっていた。

そこに欲しい――と、毎夜毎夜願ってきたのだ。

「……ふ、ぁ……あぁ」

後孔をいじられると、骨抜きにされたように体がぐにゃりと崩れてしまう。

グレイの性器を扱くことも難しくなり、せめてとばかり頬を寄せる恰好になった。

硬く張り詰めた性器の温度や匂いを感じながら、秘めた肉孔を長い指で暴かれていく。
「ん、ぅ……ぅ」
気持ちがよくて、思わず「いい」と、そればかり言いそうになるのを、なんとかこらえた。大胆なことをしながらも心の中には恥じらいがあり、飛び越えていけない一線が存在する。
それでも快感は体に出てしまい、ハァハァと乱れた息が止まらなかった。
体の中の指が、さらに一本増えると快感も顕著になる。
小さな孔を徐々に拡げられ、中まで香油を塗り込められた。
「んは……ぁ、ぁ！」
ずちゅんと出入りする指が、ノア自身も知らない、いいところに当たる。
抱く側にいたのでもちろん存在は知っていたが、これほどまでとは思わなかった。
中に秘めたその場所に触れられると、一瞬で体がびくびく震え、自分で制御できなくなる。
「は……ぁ、あ……！」
こんなところまで許すのは、この男だけだと改めて思った。
恥ずかしくて、屈辱的でもあるのに、グレイにされるとよろこびのほうが勝る。
飢餓で苦しんでいるときも思ったが、やはり自分はこの男を愛しているのだ。
他の誰でもなく、グレイにだから抱かれたい。つくづくそう思いながら足を開いた。
「ノア……」

「グレイ……ッ」
覆い被さるグレイの下で、ノアは両手を広げて彼を受け止める。
背中に手を回しながら、肩の辺りにかぶりついた。
吸血鬼が血を吸うときのように噛んで……でもそれはあくまでも甘噛みで……自分なりの、愛情を伝える行為でしかない。
「く、ぁ……あぁぁ！」
「――ッ、ノア」
入るわけがないと思うほど威圧感のある大きな物が、ゆっくりと入ってくる。
さらに注ぎ足される香油の力を借りて、ぬぷぬぷと侵攻を続けた。
いやらしい音にそそられて、自分たちがしている行為に酔う。
こうするために何年も待ち、飢餓の苦しみに耐えたのだ。
その価値があったと、今思えていることがうれしい。
「や、ぁ……あ、ぁ！」
ずぶりと奥を突かれると、たまらず絶頂を迎えてしまった。
ノアの白い胸や首は白濁に濡れて、そこにグレイが舌を這わせる。
ずぐんと奥を突かれたり、抜けてしまう寸前のところまで引かれたりしながら、濡れた肌を舐められた。

首も鎖骨も胸も全部、ぺろりぺろりと舐められて……「蜂蜜より旨い」と耳元で囁かれる。
「は……ぁ、ぅ」
体位を少し変えられて斜めから挿入されると、繋がりが一層深くなった。
達したばかりのノアは抜け殻のようにユラユラと揺さぶられ、無意識に「いい」「いい」と、ありのままの感想を漏らしていた。
それに気づいてもやめられず、また「いい」「大きい」と本音ばかり口にしてしまう。
プライドも恥じらいもなく、素直になりすぎている自分を滑稽だと思う一方で、今の自分が嫌いではなかった。
完全なる素を晒せる相手がいることに、大いなる幸せを感じる。
ただ一人の人を選び、結婚するとは、こういうことなのだと思った。
「あ……は、ぁ……！」
「ノア……ッ、ノア……」
自然な流れで獣の体勢になると、グレイは獣人らしい勢いをつける。
細腰を抱かれたノアは、自分が抱く側になっていた頃には考えられないくらい激しい抽挿を受け、長い黒髪を振り乱して悶えた。
最奥だと思っていたところのさらに奥を突かれては、腰をつかんで大きく引かれる。
さみしいと感じる間もない速さでまた突き上げられ、嬌声は嗄れんばかりだった。

「……っ、ぁ……は……！」

四つん這いになってグレイの重みを受けながら、ノアはシーツを引っつかむ。
あまりにも激しく突かれすぎて、自分が今どうなっているのかわからなくなりそうだった。
溺れるようなイメージでつかんだシーツに、汗が音もなく落ちていく。
達った自覚もなく二度目の絶頂を迎えると、パタパタと、今度は音を立てて精液が散った。

「ノア……ッ」

とろけるような快楽の中で、ノアは体を表に返され、キスを受ける。
体は繋がったまま……それも、深いところでぎっちりと繋がっていた。
グレイの唇や舌は熱っぽく、それがそのまま、自分に対する愛情のように思えた。

「ん……う、ん――ッ！」

「――ゥ、ゥ」

覆い被さるグレイの体が、びくんと弾ける。
体の奥深くで脈打っているのを感じながら、ノアは彼にすがりついた。
どくんどくんと続く脈動はとても激しく、注がれるものは驚くばかりに熱い。
たっぷりとした重たい精液で満ちていくのを感じると、本当にすべてが終わり、始まって、彼のパートナーになったのだと実感できた。

＊＊＊＊＊

二人が結ばれてから一ヵ月が経ち、日本で身内だけの結婚パーティーが開かれた。
ノアの父親のルイと、その番の紲。異母兄の馨と、馨のパートナーの理玖。さらには、豹族獣人の蒼真と、そのパートナーのユーリ、そして双子の子供たちレオとリュカも参加した。
「ウエディングケーキの入刀はやらないのか？」
日が落ちてから開かれたガーデンパーティーで、ルイは二段重ねのケーキを見つめている。紲と理玖が作ったクリームの薔薇がいっぱいの力作だが、入刀のパフォーマンスをやるには小さすぎるケーキだ。
「そのためのケーキじゃないから。写真を撮ったら俺が綺麗に切りますよ」
紲がルイにそう言うと、小学生になったレオとリュカが「薔薇のケーキ食べたい！」と手を上げて意思表示する。
すっかりお兄さんになった理玖が、「大きめに切ってもらおうか？」と訊くと、目を爛々と輝かせて「うんっ」とうなずいた。
「俺はちょっとでいいから」と、肉食の蒼真が言う。
その分、蒼真はシャルキュトリーのコーナーに陣取っていて、同じく肉食を好む馨や新郎のグレイと一緒になって、肉料理ばかりをむしゃむしゃと食べていた。

特に紺の手作りハムとサラミが大好評で、予定外に追加分を切って出したくらいだった。
蒼真の隣にはユーリがいて、シャンパンを飲みながらほほ笑んでいる。
相変わらず優雅で品があり、堕天した今でも天使のようだった。
「グレイさん、馴染んでるみたいでよかった」
主に蒼真と獣人同士の話で盛り上がっているグレイを見て、紺はほっと胸を撫で下ろす。
ノアが臓器を一つ失う危険な手術に挑むのを何年も反対してきた手前——紺にもルイにも、グレイに対して申し訳ない気持ちがあった。
相手に不足があるとか、そういったことで反対していたわけではないとはいえ、結果的には「二度と取り返しのつかないことをするには、まだ早い」と説得して二人の恋の成就を五年も邪魔してしまったのだ。今となっては後悔している。
幸福感で内側からきらきら輝くようなノアを見ていると、「なんでもっと早く理解してあげなかったんだろう……」と思わずにはいられなかった。
「ノア、グレイさん、本当におめでとう」
ウエディングケーキを切り分けた紺がそう言うと、みんなが「おめでとう」と口を揃える。
今日は花嫁らしく純白のスーツ姿のノアは、グレイと並んで「ありがとうございます」と、一人一人に視線を投げながら笑った。
ルイは涙腺が潤んでしかたないようで、ハンカチで何度も目元を拭っている。

少し前までは、自分にそっくりのノアが花婿ではなく花嫁になってしまったことに、抵抗を感じていたようだったが……今はもうその辺りも呑み込んで、とにかく祝福すると決めたようだった。

そんなルイの胸中を誰よりも知っている紲は、「ルイとノアは、ほんとに別人なんだなって、つくづく思うよ、俺は」と、ルイの雄々しい部分を立ててケーキを渡す。

クリームを絞って出来た薔薇が、特に綺麗に咲き誇っている部分を選んだ。

ルイは気をよくした様子で、「こんなに美しいケーキは見たことがないな」と、作った紲と理玖に向かってほほ笑む。

蒼真も、「紲はどこまで料理の腕を上げるんだ？」とハムを片手に笑っていた。

ユーリは「さすが紲殿。見習わなくては……」といつも通り大真面目で、蒼真が気に入ったハムやサラミをじっくり見ている。

「これでみんな、よいパートナーに恵まれたな」

ルイがそう言って、何度目かの乾杯をした。

それぞれに苦難があったが、運命の相手を見つけて一緒に乗り越えてきたのだ。

愛する人と一緒にいることが当たり前になるように、ルイは馨と共にホーネット教会をよい方向へと変えていく。

「――おい、ちょっと待て。俺を忘れてないか？」

宴たけなわ、突然現れたのは虎獣人の煌夜だった。
招待はしたものの、「少し遅れていく」というので、すっかり忘れていた紬は、あわてて「みんなー、煌夜が到着したよ！」と声をかける。
今のところ特定のパートナーがいない煌夜は、不満そうに「どいつもこいつも、幸せになりやがって」と唇をひん曲げた。
「よお、遅かったな。旨いハムがあるからこっち来いよ」と蒼真が呼ぶ。
馨はそそくさと、理玖の隣に移動した。
蒼真の横にどかりと座った煌夜に、紬は「ケーキもどうぞ」と薔薇のケーキを勧める。
眉を寄せて険しい顔をする煌夜のところに、天使のようなレオとリュカがうれしそうに駆け寄って、「煌夜お兄さん、虎になって！」「ホワイトタイガー！」と言ってはしゃいだ。
ユーリは「こら、お行儀よくしてなさい」と叱ったが、煌夜はまんざらでもない様子で双子天使を膝に乗せる。
「よーし、食ったら虎になってやる。俺はデカい虎だからな、お前達が大きくなっても、二人まとめて乗せられるぞ」と胸を張った。
双子はよろこび、新郎新婦は顔を見合わせて笑う。
パートナーを得た人も、まだ得ていない人もみんな笑顔で、幸せだけがそこにあった。

END

19th anniversary

祝ラヴァーズ文庫様

19周年おめでとうございます。
ラヴァーズ文庫様の益々の御発展を、
心よりお祈り申し上げます。

犬飼のの

薔薇の宿命シリーズを応援してくださる読者様のおかげで、
11年連続でラブコレに参加させていただくことができました。
グリズリー獣人のグレイとノアの話の完結編を書きました。
お楽しみいただければ幸いです。

TOMO KUNISAWA Presents
グレイ②
顔②
ベリー食べてる。
サイド
あみ込みとか
バラ表紙ラフ
ストール
細長タイプ?
三角タイプ?
ベリー
ベリー
薔薇の宿命シリーズ ラフ画特集

ラブコレ表紙
バラ

ピンナップ
バラ
左足の傷
見切れるく
少し血

その翌年の休暇

～魅惑のキノコ～

バーバラ片桐

illustration 奈良千春

右の乳首に吸いつかれて、その激しさに前田稜久は甘くうめいた。吸う合間に、ねっとりと舌先で転がされて、腰が疼く。

「ツン……ツン、……ン、ン……っ」

普段なら、稜久の乳首は皮膚の中に隠れている。いわゆる陥没乳首だ。刺激がなければ外界に出てこないからやたらと敏感なのだが、この龍之助と虎之助という双子にその小さな部分を引っ張り出されては刺激されまくるので、外界に出る頻度が増している。

そうなれば感覚が鈍くなっても良さそうなものなのに、より性感に直結するようになっているから厄介だ。

今も刺激されすぎてコリコリに尖った部分が、龍之助の舌に押しつぶされるたびに、びくんと腰が跳ね上がる。その肉厚の舌先で胸に擦りつけるように転がされるのがたまらなく、たまに吸われ、歯を立てられるといった刺激が混じるのにも弱い。

しかも、稜久の身体は胸元以外は乱されていない。はだけられた右の乳首へのピンポイントの刺激が稜久の全身を火照らせ、性器までもガチガチにしこらせている。オメガとなって濡れるようになった後孔も、しとどに蜜をあふれさせているのに、そこにもまるで触れられず、ただひたすら右の乳首ばかりを舐め転がされているのだ。

──しかもさっき、左の乳首を虎之助に舐められて、イかされた後、続けざまに。

「ふぁ、……あ、あ、あ」

それでも稜久の身体は、達しそうなほど昂っていた。その一点だけにしか刺激が与えられないだけに、神経の塊になったかのように感覚が研ぎ澄まされ、龍之助の舌のざらつきまで感じ取れるほどに張りつめてくる。

そこに、慎重に歯が立てられた。そのチリッとした硬質の刺激に、稜久の身体が跳ね上がる。

「っうぅあ！　……っあああ……」

さらにぎちっと歯が食いこみ、そのまま引っ張られたら、たまったものではなかった。

「っんぁ、……んぁ、あ、あ、あ……っ！」

ソファに縫い止められた稜久の身体がのけぞる。さらに、びくびくっと何度も痙攣した。下着以外を濡らさないように、白衣の前を開かれている。その下に着用しているスラックスの中で、熱いものが弾けるのがわかった。

イった瞬間、目の端でもう一人の双子の虎之助が、時計についていたストップウオッチを冷静に止めるのがわかった。

「――四十二秒。二回の合計で、オレのほうが二十五秒早い。こっちの勝ちね」

はぁはぁと息を整える稜久の前で、龍之助と対峙した虎之助が勝ち誇った顔をする。

どっちが、それぞれ左右担当の乳首だけで、稜久をより早くイかせることができるか、などといった、ろくでもない勝負が行われていたのだ。

「おまえたちな！」

稜久による反対を無視して始められた勝負が終了し、ようやくだるい上体を起こした稜久は、二人の頭にごちんと鉄拳を降らせた。

龍之助が右。
虎之助が左。
稜久以外には見分けることが難しい、このうり二つの双子に、自然とそんな区別が出来ていたことに気づいたのは、いつのころだっただろうか。
稜久が二つのリンゴを並べて一つずつ持っていけ、と言うと、二人は自然と自分の担当のほうを持っていく。そのことに気づいたときから、それぞれ別なものを手渡したいときには、左右を気にして置くことになっていた。
だが、当の双子たちはそのことに気づいていなかったらしい。だから、双子で稜久を挟んで愛し合うようになったときにも、龍之助が右、虎之助が左を担当するようになったのは、稜久にとっては自然な流れだったのだが、当初は本人たちだけは気づいてなかった。
そんな双子たちに左右の担当の区別が目覚めたのは、稜久の乳首がきっかけだったようだ。
稜久が指摘したわけではない。ただ、稜久の左右どちらの乳首がより感じやすいのか、といった下らない話題が情事のたびに何かと上がり、ついにどちらが乳首だけで稜久を早く絶頂まで追いやることができるか、というタイムトライアルが始まった。
しかも、公平を期して二回だ。
それでも、龍之助は負けたことに納得できないでいるらしい。
「二十五秒早いのは、そもそも左は心臓に近いので、敏感だという話をどこかで耳にしたことがありますよ。心臓の上にあるからこそ、本能的に敏感になるから、と」
コンディションを平等にするために、初日は龍之助スタートで、虎之助がその次。二日目は虎之助スタートで龍之助がその次。そのそれぞれの二回の平均タイム、ということになっていた。
だが、二日続けて、二度も乳首だけでイかされた稜久はたまったものではない。
今はイったばかりの賢者(けんじゃ)タイムに突入しているから、遠い目をして二人の言い分を聞いていたものの、お互いの対抗心を満足させるためだけに、稜久の身体を勝手に使いすぎだ。
二人の話はなおも続いた。
「だったら、これからは担当を逆にする？　オレが右、おまえが左にしてもかまわねーけど？　ただし、オレが今まで開発して敏感にしたおかげもあるから、再び開発して勝負するには、一ヶ月はおかねーと」
「望むところです。これから、一ヶ月、お休みに入りますしね。たっぷり時間をかけて可愛い突起(とっき)を調教(ちょうきょう)して、一ヶ月後にあなたと勝負するのも、やぶさかではないですよ」

「おい、まて」
鉄拳制裁だけでは収まらなくなってきた稜久は、さすがに言葉を差し挟んだ。
双子が対抗しあうのは自由だ。だが、それに自分を巻きこまないでもらいたい。
そもそも年に一度の楽しい休暇は、そんなふうに消費されるべきものではないのだ。
毎年、この双子と稜久との三人で、社会人になってからも冬期休暇を楽しんでいる。前回の休暇こそ、稜久が思いがけずオメガになったおかげで予想外のものになったが、今年は楽しい旅行にするつもりだった。
だが、この二人と結婚を前提にしたお付き合いを始めたことで、今までの休暇とは違ったものになる気がしている。二人相手に今から体力が持つのか不安だというのに、よけいな要素を加えられたことで、ますます競争が過激化したら、たまったものではない。
――だって、ずっと楽しみにしていた休暇なんだし！　いろいろ予定していることもあるし！
休暇は、虎之助の仕事がオフシーズンに入る十二月中旬からの一ヶ月だ。今年は黒潮がそばを流れる暖かい孤島に滞在し、そこのコテージで楽しい採集生活を送ることになっていた。
稜久のお目当ては、もちろんその島に生息する稀少な植物だ。孤島には他では見られない独特な生態系が存在しており、珍しい植物が存在している。
世界的な気候の変動もあって、多くの植物が現在進行形で絶滅の危機にさらされている。だから、今のうちに、採れるものは採っておかなければ、と思ってやってきたのだ。
遊びに来たわけではない。
「ここには、植物採集に来たんだからな！　おまえたちも、それを手伝ってくれると言った！」
稜久は二人の目を見据えて、しっかりとドスの利いた声で念を押しておく。
「まずはその採集が優先だから、おまえたちのお遊びに付き合っている暇はないんだよ」
この双子のことは大好きだ。だが、自分には果たさなければならない仕事がある。その仕事を邪魔されるわけにはいかない。
だが、二人はのうのうと答えたのだった。
「もちろん」
「稜久は気にせずに、自然体で」
「お遊びは、稜久が外出できない夜とか、雨の日とかにしますから、お気になさらず」
にこやかではあったが、「負けるわけにはいかないんですよ」と本気の目をしてつぶやいた龍之助の声が耳に残った。
双子と付き合い始めて、この休暇でちょうど一年になる。
稜久には前田財閥のために子孫を残さなければならない義務があり、生殖のためにメスと結婚しなければならないと思っていた。だが、オメガの因子が目覚め、オスであってもアルファオス相手に子孫が残せることになったことで、人生設計が大きく狂った。

その相手として立候補したのが、学生時代からの親友だった双子だ。稜久には恋愛感情が希薄だったし、双子のどちらかを選ぶことができずに遠回りした。

だが、最後に双子のどちらかを選ぶのではなく、両方と付き合えばいいのだ、と理解し、開き直ったことで、今は納得した暮らしを送っている。

ただ、問題になっているのは、三人で結婚するときの法的な縛りだ。そのあたりを解決すべく、前田財閥の弁護士や、関係する代議士が暗躍している。おそらく数年で、そのあたりのややこしい法解釈が解決すると言われているが、それでも無理だったら法自体を整備するから、あと少しだけ待って欲しい、という連絡を受けていた。

——だからまだ法的な結婚はできないんだけど、子供が出来るころには、できるはずだって。

あともう一つ、疑問があった。孕んだ場合に、一卵性双生児のどちらの子か、区別することはできるのか、ということだ。

かつては殺人事件があったときなどに、現場に残された一卵性双生児の血液を、ＤＮＡ鑑定で識別することはできなかったそうだ。だが、今ではそれも解決している。

——だから、今ではどっちの子か、技術的にわかるんだって。

だが、そのあたりは曖昧にしておいてもいいような気がする。

――だって、こいつらは俺の左右の乳首のどっちの感度がいいか、ってことだけでも、気にしているぐらいだからな。

自分の子供かどうかで二人の態度が大きく変わるとは思えないが、それでも無意識に影響が出ることも考えられた。

だから、そこは曖昧にしておこうと思いながらも、稜久は二人とともに今回の休暇で滞在する島に船で渡る。

植物採集の道具はしっかりと持ちこんだ。何よりそれが目的なのだ。標本としてしっかり長持ちさせるためにも、乾燥させる機械や固定する液体なども持参している。

到着した翌日から、採集する予定を立てている。手伝いをする二人に、どんなものを探せばいいのかと聞かれて、稜久は目標にしていた十の植物の写真をしっかりと示した。

「今回の目標は、この十個！　あとこれ以外にも、見かけたら採取して欲しいのが、このキノコ」

「キノコ？」

「変な形ですね。毒々しい真っ赤な色に、ふわっふわの傘」

のぞきこむ二人に、稜久は特徴の箇所を指先で指し示した。

「傘の裏がスポンジ状になっていて、まるで女性のスカートのパニエみたいな形状になっている。だから、通称『パニエ茸』。険しい崖の途中などに、雨が降った数日後ぐらいに生えるそうだ。季節はちょうど今が旬！」
「めっちゃ毒キノコっぽくね？」
　虎之助が言った言葉に、稜久は力強くうなずいた。
「毒キノコだ！　そのままでは食べられない。ただし、揮発性の毒だから、採取してから十分換気を良くして茹でれば、九十九パーセントの毒は消える。さらに念のため、一度カラカラになるまで干す。それから水に戻すと、いいダシが取れる」
「ダシ？　もしかして——」
　稜久は満面の笑みとともに、二人に告げた。
「研究には関係ないんだけど、すごく美味しいって聞いたから！」
　この孤島に生息する植物について調べているうちに、このキノコのことを知ったのだ。
「パスタにして食べると、すごく美味しいって！」
　研究には関係ないからと、断られるかもしれない。だが、二人はやけに優しい顔で稜久の話を聞き、それから素直にうなずいた。
「わかりました。是非とも採取して、美味しく食べましょう」
「雨降ったら、その後に探しに行こうぜ！」
「そうだな。これが『パニエ茸』についての詳しい説明だ。カードにしておいた。似てるけど、別のキノコをつかまないようにな」

キノコは似た種類も多く、生育状況で形も変化するので、食用には十分な注意が必要だ。そう思って、他の採集目的の植物カードとともに、その『パニエ茸』のカードも手渡す。
二人はそのカードにざっと目を通していくが、じっくりと『パニエ茸』のカードを読みこんでいた龍之助が声を上げる。
「待ってください。これ、『感度が上がる』って」
「『パニエ茸』は中南米でも食べられているそうなんだけど、そこではかつて、媚薬としても使われてたんだってさ。傘の部分にナイフを入れて、そこからにじみ出す液体を、女性の敏感な部分に塗布することで、その部分の血行を促進させる」
「さっき、揮発性の毒って言ってなかった？」
虎之助の言葉に、稜久はうなずいた。
「揮発性だから、一晩おけば、ほとんど毒の部分は揮発する。ただ、残った成分によって感度が上昇する、と信じられていたらしい。現地での俗称は『処女茸』――ナイフを入れてにじみ出す液体をオイルに溶かして、初夜を迎えるときなどに女性器に塗る風習があったらしい」
「なるほど」
小さく龍之助がうなずく。何だか表情がキリリと引きしまったような気がする。
嫌な予感がした。それでも、稜久は少し前に見た映像に欲望を掻き立てられていた。それはこの島に来た冒険家が、その『パニエ茸』を美味しそうに頬張る様子だ。

──『パニエ茸』のパスタ！
一度は食べてみたい。松茸にもトリュフにも勝る味というのは、どういうものなのだろうか。

到着した島は船が着岸する一角に、コテージがいくつか建っている以外は、そのほとんどがうっそうとした森に覆われていた。
稜久は植物にしか興味はなかったが、珍しい虫や動物も多く生息しているらしい。それらの虫に悩まされながらも、目的だった十種類のうち、八種類の植物を採集することができて、稜久はウハウハだった。
そして、雨が降り続いた二日後に、満を持して出かけたのが、目をつけておいた崖だ。
その日は、海で遊ぶことが多かった虎之助も、いつもお供してくれた龍之助も、ついてきてくれた。
獣道のようになったところを、ところどころにつけたロープを頼りに歩く。何気なさを装いながらも、稜久は胸元を意識せずにはいられなかった。
──こいつらが、やたらと吸うから。
いつもならば外出時に意識することもない胸の突起が、やたらと疼いている。
天気が悪い日は外に採集に行けないから、一日、双子とコテージで過ごすことになる。凝った料理を作ってくれたり、岩陰に作られた露天風呂などで楽しく過ごせるし、採集した検体を固定する作業をするにも、時間が必要だ。
だが、なにかと乳首を吸われることになる。二人の愛撫は丁寧で気持ちがいいから、稜久はなかなか拒めない。それに、左右いつもとは担当を変えた二人の動きに慣れなくて、いちいち違和感を覚えるところも、興奮につながった。
――こんなに刺激されていたら、いずれは陥没じゃなくなるのでは？
今でも、乳首がジンジンと疼いている。外出する前に、二人相手にねっとりとそこを刺激されたからだ。服で擦れるだけでも感じるということは、まだ乳首がへこみに戻っていないということだ。
一度確かめたいぐらいだったが、双子が同行しているから確認するわけにはいかない。この二人は、稜久のどんな動きも過敏に察知するのだ。
一日中雨が降ったその二日後だから、まだところどころ地面がぐちゃぐちゃだった。だが、そこをどうにか避ければ歩ける。目的にしていた『パニエ茸』以外にも、道端にキノコが生えていた。おそらく、いいタイミングだ。
この道をまっすぐ歩けば、崖のちょうど下に出る。
下生えをかき分け、木々を回りこんで歩いていると、想定通り、その崖の下に出た。
稜久はその崖から少し離れたところに立って、慎重に見上げた。『パニエ茸』は、特定の木の根元に生えると知られている。その特定の木々は、この崖の上に生えていた。
――だから、生えるとしたらこの崖だと思ったんだけど。
事実、枯れた『パニエ茸』とおぼしき残骸も、いくつかこの崖の途中で発見していた。
「あるとしたら、ここだ」
口走ると、少し後を歩いていた龍之助が持っていた双眼鏡を目に当てて、崖を舐めるように眺め始めた。
その背後から現れた虎之助も、裸眼で崖を眺めていく。虎之助は釣りのセットを一式、肩に掛けていた。キノコを採りに行くと言ったはずだったが、その合間に釣りでもしようと思っていたのだろうか。
「けどさぁ。見つかったとしても、どうやって採るわけ？」
不思議そうに、虎之助が言ってくる。
それは、この崖を見たときから稜久も考えていたことだった。
多少は岩も表に出ているところがあるが、やたらと滑りやすそうな粘土質の崖だ。まだ濡れているから、めちゃめちゃ滑ることは間違いない。高さもあるから危険で、少なくとも登山に使うようなロープで、下降しなければ危険だろう。
「どうしよう……」
困惑して言ったとき、舐めるように崖を見ていた龍之助が声を上げた。

「ありました、そこ……！」
それは崖のちょうど真ん中辺ぐらいだ。途中までは岩がある。岩を伝っていけば、どうにか手が届くだろうか。上からアプローチするやり方もあるが、安全性を考えれば下からだ。
ルートを考えていると、腕まくりをしながら龍之助が言った。
「僕が採りに行きましょう」
「だけど」
「採集用ではなくて、あくまでも食用ですよね？　採れたら、その滲む液体を一滴、オイルに混ぜて、あなたの乳首に塗らせていただいても？」
「あ、ずりっ！」
虎之助が口走る。
双子の『どっちの担当の乳首がより感度が高いか』の争いは続いているようだ。左右の担当を変えたのだったが、虎之助担当の乳首のほうが、やはり感度が高いようだという悩みを龍之助が抱えていたのはわかっている。その差はほんの数秒のことであり、虎之助の触りかたがやけにいやらしくて、感じすぎるだけなのだが、そのことを龍之助は気に病んでいたらしい。
「それは……」
断ろうかと思った。
そんなものを乳首に塗られるわけにはいかない。

だが、『パニエ茸』の味には興味があった。龍之助の手から双眼鏡を奪って確認してみると、その『パニエ茸』はやたらとつやつやとしていて、新鮮で美味しそうだ。真っ赤で、濡れたような色彩は毒々しいと言うべきものだったが、それが逆に美味しそうに感じられる。
それに、この手の「感度が上がる」というのは大抵が「気のせい」であり、どうせ虎之助と龍之助は、オイルを塗ろうが塗るまいが、稜久の乳首を触りたがる。
——塗られても、『誤差』だよな？
そう判断した稜久は、食欲を優先させることにした。
「いいぞ。だったら、採ったほうにその権利を与える」
言った瞬間に、虎之助も素早く反応するとは思わなかった。どこかに消えたが、その行方がわかったのは、崖の上にその姿が見えたときだった。
崖の上の太い木々にロープを巻きつけて固定し、器用にロープを使って崖を伝い下りてくる。虎之助は運動神経抜群だから、いつの間にかロープでの下降もマスターしていたらしい。
それでも、崖はぬるぬると滑りやすくて、下りにくいようだ。
その間に龍之助も岩から岩へと移動し、下からその『パニエ茸』を採取しようとしていた。
二人が『パニエ茸』まであと一メートルほどに到達していたのを見たとき、稜久はふと、虎之助が地面に残した釣り道具に目を留めた。
もしかしたら、これを使ったら『パニエ茸』に引っかけることができるのでは、と思う。

――試してみるか？

二人のどちらかに入手されたら、乳首に塗られる。だったら、自分が先に入手すればいい。

すでに糸と針がセットされているのを確認してから、稜久は釣り道具を手に崖に近づいた。

「俺が先に『パニエ茸』を採れたら、二人の鼻の頭にその汁を塗ってもいいか？」

豪快に釣り竿を振りかぶりながら大声で尋ねると、崖に張りついた二人が稜久のほうを振り返った。

「危険ですから、そんなものは振り回さず」

「できたらいーけど！　けど、針、オレらに引っかけんなよ！」

それぞれの返事があった。

稜久は思い切って、釣り竿を振りかぶる。釣りなど初めてだったのだが、ビギナーズラックでもあったのか、それはまっすぐに目標だった『パニエ茸』に飛び、引っかけ――。

稜久は無事に、二人の鼻の頭にその汁を塗ることができたのだった。

「気のせい」の効果に過ぎないと判断していたわりには、汁の効果は絶大だった。

真っ赤になった鼻の頭を掻きむしる二人を眺めながら、稜久はつくづく自分の強運を思い知ったのだった。

END

ラヴァーズ文庫創刊19周年
おめでとうございます……!!!!!

ラブコレは毎回、奈良先生の秘蔵イラストが
見られるので、とてもとても楽しいです。
あと、他の先生のイラストや短編も!
ラブコレちゃん、あと一年で成人ですので、
そうなったらやりたい放題……
の日々が待っていますね。
楽しみ!　楽しみ!
これからも、ラブコレちゃんのさらなる飛躍を
期待しております。

バーバラ片桐

LOVERS COLLECTION

オメガの凹果実は双子のお気に入り ラフ画特集

龍虎
ラフと同じ
リク
白衣＋セキュリティパス
くつ下のみ。
キスマ
←ちょっと出たところ。
凸
凹
M字開脚です
オメガ

…ぎゅ。
サイドコーナーに
手袋・コップなど。
ドア明かり
双子の影
ここは必ず白衣
はく
アンダーウェアのみ？
白衣とふつうの服がほとんど。
口絵
寝室
ベッドの上にて。

稜久
黒
カバー
オメガフィウムなど
(シルフィウム?)
古代種は入れたい。
ポン酢
割れてはないけどぼってり
ひきしまってる…
かな?

龍之助
虎之助
見分け方定位置
左が虎 リクから見て 右が龍
差

ラブコレ19
凹果実
背 古代の森再現
ロマン!!!
食べられそうな
南国系の花
(赤)
おそろい。
ラプ&ブラキオっぽい。
だぼだぼ
着せ
人物のみは
こういう感じです

りゅう 白衣,アンダーシャツ,スラックス
アンダーシャツ
凸凹 両方。
デスク けんびきょう シャーレ,試験管etc
セキュト
おなかは
全開。
首元 龍
セキュリティカード +
ビジネスバッグ 持ってるけど 見えないかも
棚
双子 エリック
チカラうつ向
馬乗りだと見えないので
引き起こすところ
助手っ
りゅう
抱き起てる

背・服
口絵①と同
サイドモニターとか。
びくびくっ
ジャケは脱ぐかも

③
キラ〜キラ〜
囲い。
マンガのP.Eの場合のみ入れます
双子 ルームウェアに白衣・小物etc起き抜けっぽい
りく ①と同・スタンガン(プン)
ねぐせついてる。
ガラス
オメガフィウム
ここだけ成功してる鉢。

⑤
口絵と同
リビングのベッド。④の続き
キッチン・デスク見える
とら
パンツのみ。
まど夜景
PC
りお
服ぬぎかけ

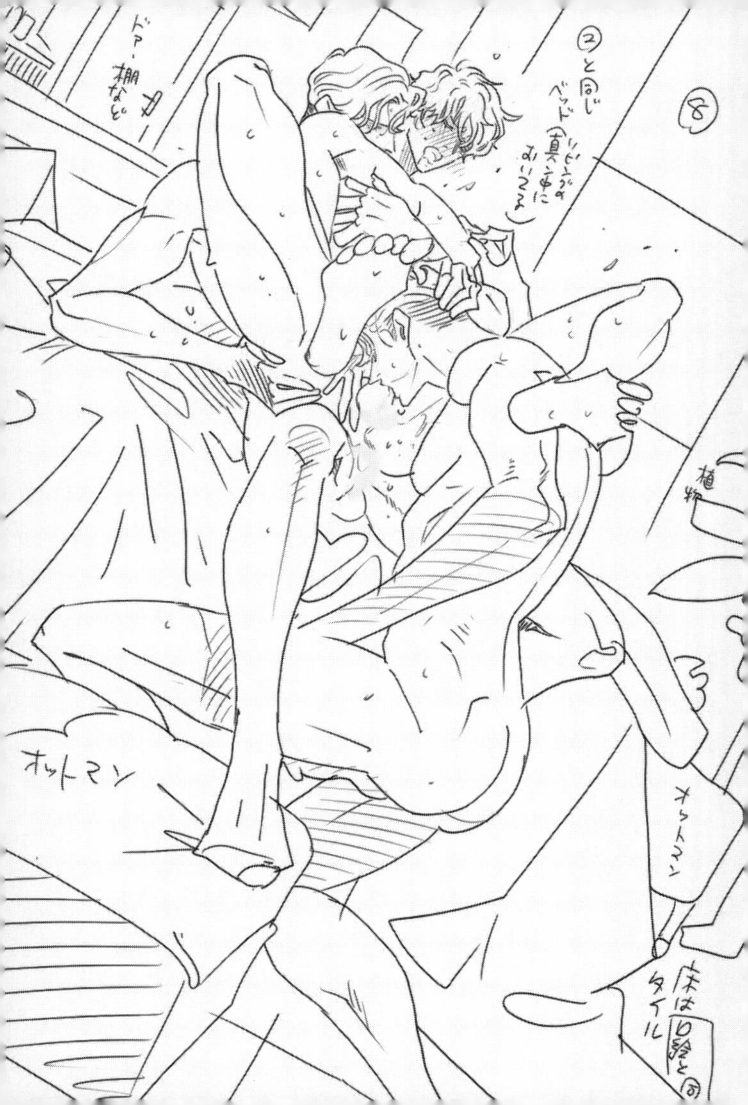
⑧
②と同じ
ベッド（リビングの真ん中においてみる）
ドア・棚など
植物
オットマン
オットマン
床は口絵と同
タイル

④
「2人で担ぐ」なら
姫抱きじゃないかもですが…
とりあえず 肘は よりそう感じに。してます
りくは混乱してグズってる。
ギュってしてる
双子 ニコと同じ
ブラインドと 夜景
トイレ
バスタオル(白)
植物
ハミラー
シャワールーム
洗面へ。
ドアから 明かり
逆光
パァ〜
スリッパ ?

NEXT 20th
純粋倍養稜久
じいやが丹精込めて
育てました(うそ)
ありがとうございました!
2023.奈良千春

うつコレ ピンナップ用
全員浴衣です。
桑名部長
ラムネとりくの水。
龍
マネク うちわ
赤とバス停
ひまわり
うんネうちわ
叶野
虎を知ってた叶野君とパシャりする。
虎
ティエン
たばこ
(坂本もキゲン良くなるので)
坂本
ビール
桐生
椿久
りくはマタニティー仕様。(妄想ですが可ならば)
どくどく
ほわ〜ん
うっぷうカオ
高柳
ラムネ
すいか
フェイ
ひまわり
(絵的太陽はちょっと無視してます)
にゃ
にゃ
この子は茶トラ(ハリーのかわり)
うちわ
スイカとうんち

ラブ♥コレ 19th anniversary

ラヴァーズ文庫をお買い上げいただきありがとうございます。
この作品を読んでのご意見・ご感想をお聞かせください。
あて先は下記の通りです。

〒102−0075
東京都千代田区三番町8-1 三番町東急ビル6F
(株)竹書房　ラヴァーズ文庫編集部
西野 花　秀 香穂里　いおかいつき
ふゆの仁子　犬飼のの　バーバラ片桐
奈良千春　國沢 智　各先生係

2023年12月7日
初版第1刷発行

●著　者
©西野 花　秀 香穂里　いおかいつき
©ふゆの仁子　犬飼のの　バーバラ片桐
©奈良千春　國沢 智

●発行者　後藤明信
●発行所　株式会社　竹書房
〒102−0075
東京都千代田区三番町8-1 三番町東急ビル6F
代表 email： info@takeshobo.co.jp
編集部 email： lovers-b@takeshobo.co.jp
●ホームページ
http://bl.takeshobo.co.jp/

●印刷所　中央精版印刷株式会社

ラヴァーズ文庫
Lovers Label
発育乳首
HATSUIKU CHIKUBI
〜蜜肌開発〜
MITSUHADA KAIHATSU
課長の乳首は、だれで一番感じますか？
著 秀 香穂里
画 奈良千春
禁欲的で冷たい容姿を持つ、桐生義晶は、
決して知られてはいけない秘密を隠している。
毎晩、居候の坂本に乳首を嬲られ、大きく育っているのだ。
その胸の秘密を知られてしまった上司と部下とも、
淫らな関係を持ってしまう桐生だが…。
「君のHな乳首は、俺たち以外の男でも感じるのかな?」
三人の淫靡な企みで、謎の美しい男が更に加わり、
感じやすい桐生の胸は、
いっそう甘く、敏感に育てられていく——。
好評発売中!!

ラヴァーズ文庫
Lovers Label
恋のいのち
Fifth
ハートブレイク
飴と鞭も
警視庁 男前ストイック
上司濡れイキ
捜査一課のエリート刑事・佐久良は、酔って記憶を失くしたせいで、
ふたりの部下と、同時に付き合うことになってしまった。
恋人を甘やかしたい若宮と、泣かせてしまいたい望月。
ふたりの『アメ』と『ムチ』に、佐久良は毎晩のように翻弄されている。
しかし、上司のことが好きすぎるあまり、捜査中に問題を起こしてしまったふたりと、
距離を置こうと決意する佐久良だが――。
お預け状態の狂恋が、
予想外の事件を巻き起こす!!
著 いおかいつき
好評発売中!!
画 國沢智

ラヴァーズ文庫
Lovers Label
龍虎の甘牙
お前だけだ
この俺を振り回して
翻弄し続けるのは
著 ふゆの仁子
画 奈良千春
元エリートサラリーマンの高柳智明は、
恋人のティエンとともに訪れたマレーシアで、
ツアーガイドのリヒトと出会う。
それがきっかけで、リヒトと間違われた高柳は、
『マレーシアの虎』の組織に拉致されてしまった。
恋人を救うため、『香港の龍』と謳われるティエンと、
マレーシアの巨大組織が衝突することになるが――。
灼熱の地で、愛する人を守るために、男たちは争い、すれ違う。
好評発売中!!

ラヴァーズ文庫
Lovers Label
二匹の野獣とオメガの花嫁
家出したら猛獣に娶られました
オメガでキツネの獣人の那桜は、職場のビルでよく見かける、アルファの狼と虎の獣人に、密かに憧れている。
しかし、義理の両親に他のアルファと結婚させられそうになり、家を飛び出してしまう。そのまま発情期を迎えて倒れた那桜を助けてくれたのは、あの憧れの獣人で──。
二人の野獣に誘われるままに交わり、番の契約を結んでしまう那桜だが…!?
好評発売中!!
著 西野花
画 國沢智

ラヴァーズ文庫
Lovers Label
オメガの凹果実は
双子のお気に入り
OMEGA NO BERRY WA FUTAGO NO OKINIIRI
双子が恋する癒し系胸果実
著 バーバラ片桐
画 奈良千春
有名企業の御曹司・前田稜久は、
ある日、ベータからオメガに変異してしまう。
将来のために、可愛い花ヨメ探しをしていた稜久は、突然、花ムコ探しを迫られることになってしまった。その話を聞きつけた、幼馴染みのアルファの双子が、稜久の前に姿を現す――。
昔から双子に陥没乳首を狙われている稜久は、大ピンチに!?
好評発売中!!

ラヴァーズ文庫
Lovers Label
キス×キル
KISS×KILL
勝手に気持ちよくなるな
お前を感じさせるのは
俺の役目だ
著 いおかいつき
画 國沢智
敏腕刑事の河東一馬と、科捜研の新鋭・神宮聡志。
秘密で付き合い始めたふたりの間には、いまだに解決していない問題がある。
それは、どちらが相手に「抱かれるか」ということ。
好きな奴とは抱き合いたい。でも男のプライドは譲れない!!
あるとき、一馬の高校時代の教師が
未解決事件の被害者として発見される。
その教師は当時、一馬がラブホテルで会ったことのある男で…。
神宮には、男と付き合ったことはないと伝えていた一馬だが——?
好評発売中!!

ラヴァーズ文庫
Lovers Label
αとΩの新婚夫婦は溺愛巣ごもりがしたい
atoΩno shinkonfuufuwa dekiai sugomorigashitai
三夫婦の蜜月
逃避行ハネムーン
紳士αの素顔は獣
立花家のオメガ三兄弟の長男・芹と番のアルファ・尚史は、出会った瞬間に惹かれ合い、尚史が芹を無理やり抱いたことで関係が始まった。
だが、普段の尚史は別人のように優しい男で…。
あの日の獰猛で、危険な匂いがした尚史と、今の穏やかな彼は、どちらが本物なのか――？ それは、弟夫婦に勧められた『長期巣ごもりプラン』で明らかになる。
二人きりの密室で、本性を現した野獣な男と、愛に溺れる一週間。
好評発売中!!
著 西野花
画 奈良千春